———————— 阅读之前 没有真相

午夜文库

缮写室迷宫

[日]后藤均 著
赵滢 译

新 星 出 版 社 NEW STAR PRESS

谨以此书献给年仅三十四岁便客死英国的内弟秋山纯。

设定方面，星野泰夫的"手记"和"书信"用的都是旧假名，为了方便理解，改成了现代版假名。原本用汉字表述的国家和城市名也大部分改成了片假名。这些修改对伏线、线索没有任何影响。除此之外，《英国鞋之谜》(The English Shoe Mystery) 这个书名也由英文改成了现代日语。本书对在推理时需要参照原文的部分做了注明。

目录

1	序幕 四个场景
11	宴会的邀请函
29	手记一
63	英国鞋之谜
107	中场休息
111	手记二
187	宴会结束

出场人物表

富井　　　　　　　大学教授，推理作家
星野泰夫　　　　　画家
艾兴巴赫　　　　　德国人，别墅主人
厄舍　　　　　　　英国人
英伯特　　　　　　美国人，已故
井伊　　　　　　　误入别墅的日本人
科尔特斯夫人　　　西班牙人，推理作家
法齐奥　　　　　　意大利人，出版社社长
拉登胡伯　　　　　奥地利人
兰斯洛特　　　　　法国人，律师
海因茨　　　　　　艾兴巴赫的管家
希尔兹警官　　　　州警

序幕 四个场景

I

晴朗的天空万里无云，三月中旬，空气中充满了冰冷的紧张感。

法国比利牛斯山脉附近地形复杂，周围都是深幽的空谷和高耸的山峰。山尖耸立，只有陡峭的山坡上零星有几簇灌木，可谓险峻。

山顶上，有一处经历了七百年风雨的城堡遗迹，睥睨四方。

由远处传来异响，那是与自然界的气息不同的声音，让空气产生微弱震动的同时不断靠近。是螺旋桨的声音。大概只有居住在森林里的鹿和鸟儿们听到了吧。天空中突然出现一个黑点，渐渐变成展开翅膀飞翔于天际的机械。很快，飞机来到了山峰上空，机翼上印着反万字符号。

飞机在山峰上空盘旋。那不是普通的盘旋，而是依南北东西的顺序，像是在画十字，又像是在祭奠。

一段时间后，机翼微微上下摆动，飞机朝着来的方向飞走了。

就这样，在战争结束的前一年，完成了一项不为人知的仪式。

II

"父亲，到纽约上空了。"

说话者是一位女子，披着真丝花边的披肩。她略微发红的短发齐肩，眼睛是漂亮的绿色，长相与这几年开始崭露头角、来自大吉岭的年轻女演员薇薇安·李有些相像。"

"嗯，是啊。"

坐在旁边的父亲将视线从手上的白兰地酒杯移到了窗外，一脸怀念地眺望着街道。

同样看着窗外的女儿指着一个方向，说："有飞机。"

父亲顺着女儿手指的方向看去，一架与他们所乘坐的飞艇并行的机体映入眼帘。

"真的。"

父亲举起相机，透过取景器观察。

"飞机里的人或许也在拍摄这艘飞艇呢，毕竟是'空中的贵妇'呀。他们肯定会把这艘飞艇看作是神圣的主的作品。人类真是伟大，居然能让如此巨大的……酒店在高空中飞行。"

飞艇内部的装潢的确和高级酒店别无二致。

走上折叠楼梯，就是供旅客使用的中央区域。区域中有两条走廊，分别通向左右两侧的客房。

餐厅和会客厅临窗而设，透过弧形的窗户可以欣赏外面的风景。会客厅中的三角钢琴营造出优雅的社交氛围，穿着礼服的乘务员们敏捷地穿梭在坐满身着正装的绅士和淑女的桌子之间。随着厨师的拿手好菜全部上完后，会客厅祥和的氛围中泛起了一丝困意。

"今天的牛肉真是太棒了。上次吃到这么好吃的菜，还是在日本飞往洛杉矶的飞艇上，就是帝国酒店负责准备饭菜那次。难以想象此时我们还在天空之上。"

"真羡慕您！父亲您周游过世界各地吧，我这还是第一次呢。"

"是啊，不过现在年纪大了，受不了长途旅行了。"

说着，父亲打了个大哈欠。

"您再坚持一下，就快到了。"

"我的人生也是一段漫长的旅途，一刻也不曾从紧张和不安中解放。如今就快结束了。"

父亲摸了摸黑发。

注意到这个动作的女儿道："也不需要染头发了。"说完再次看向窗外。

"那里就是父亲出生的地方吧？"女儿的声音因兴奋而有些颤抖。

LZ129兴登堡号，与LZ130古拉夫·齐柏林Ⅱ号并称为全世界最大的飞艇。兴登堡号在上一年的三月，成功完成了首次横跨大西洋的飞行任务。从德国的腓特烈港到美国的新泽西州，用时六十一小时五十分。回程由于是顺风，只用了四十九小时又三分，速度惊人。

这次飞行包括乘务员和乘客在内共九十七人，从法兰克福出发飞往新泽西州的莱克赫斯特。巧合的是，飞行后不久就是出生于博登湖畔的康斯坦茨、大型飞艇发明人齐柏林伯爵①一百周年诞辰的日子，即一九三七年五月六日。

漫长的大西洋之旅过后，兴登堡号的雄姿出现在了美国大陆上空。但纽芬兰岛上空的风力太强，导致延误了十二个小时。之后飞艇继续朝着新泽西州方向前进，终于抵达了有机场的莱克赫斯特。可此时雷声大作，天气并不好。飞艇在机场上空盘旋，寻找着陆的机会。很快机组就下定决心，兴登堡号慢慢进

---

① 斐迪南·冯·齐柏林（Ferdinand Graf von Zeppelin, 1838—1917），德国贵族，齐柏林飞艇发明人，创建了齐柏林飞艇公司。

入着陆状态。

飞艇这个庞然大物渐渐进入地面工作人员的视野中。紧接着，人们耳边响起螺旋桨的轰鸣声，压舱物依次被丢了出来。站在地面上的人们这才看清了印在兴登堡号垂直尾翼上的反万字符号。

但就在飞艇上的工作人员从三百英尺①的高空将系泊绳放下的瞬间，尾翼就像是被恶魔路西法附体了一般，突然开始喷火。

飞艇的后半部分迅速被火焰包裹，一眨眼的工夫，尾部便开始坠落，原本水平的船体倾斜成了四十五度。

当被火焰包裹的尾部撞上地面时，船头还在半空中凶猛地喷吐着火舌。

兴登堡号坠落的消息很快就传遍了全世界。人们守在收音机前，听着声音有些激动的广播员转述事故现场的情况。

"根据刚刚收到的消息，美国东部标准时间五月六日，从法兰克福出发的兴登堡号飞艇，在即将着陆于新泽西州的莱克赫斯特机场时突发原因不明的火灾，燃烧中的飞艇撞上了地面。包括乘务员在内船上共有九十七人，其中大部分人员在该次事故中身亡！"

此次事故轰动了全世界，不单单因为很多人失去了鲜活的生命，更因为人们想知道，究竟是什么原因导致了这样的惨剧。

当时，美国担心其他国家将商业用氦气用于军事，制定了《禁止氦气出口法》，所以兴登堡号在不得已的情况下使用了危险性较高的氢气，这一点的确在很大程度上导致了惨剧的发生。

---

①约九十一米。

引发事故的真正原因究竟是什么？有人说是苏联的阴谋，也有人说是落雷引起的，总之众说纷纭，而到现在真相依然不明。

事发当天，收音机整整一天都在报道这件事。第二天，报纸上刊登了遇难者名单，不过是一串串罗列在一起的毫无感情的铅字。而其中就有斯通父女的名字。

III

"正月短，世要亡。霜月漫天，长匣满街。来年三月，杉木凋残。"

孩子们口中唱着诡异的童谣，在海边和山间奔跑。他们的肚子都鼓鼓的，但不是因为吃得太饱，而是恰恰相反。

近年来天气异常，不是连日降雨就是多日大风。雨水过多导致麦穗始终没有垂下头，人们陷入饥荒。

满脸疲惫的农民纷纷停下手中的农活，抬头仰望天空。整片天空都是暗红色的。

"真红啊，这天和这云都是怎么了？"

"是西边的云烧焦了吧。有传闻说，全天下都要变成火焰地狱了。"一个男人用恐惧的眼神看着西方的天空答道。

听到"地狱"这个词，周围的农民都吓得发抖。

"所有东西都会被烧光。"男人继续说，他的声音就像是从嗓子眼儿里挤出来的。

闲话会变成传闻，而传闻总会变成既定事实，口口相传。

不远处，有几个男人眼神冰冷地看着这边。他们的穿着寒酸，浑身散发着紧张感，明显与这里的百姓不是一类人。

农民绝望的呻吟如同起伏的海浪，一波又一波地蔓延至全村。而在那些男人耳中，这就是催促着尽快取得胜利的战鼓声。

四个月后，时间到了。农民们陆陆续续聚集到一起，每个人头顶的月代都剃成十字架状，身穿白色棉布拼接的窄袖羽织，头戴稻草和竹子编成的头盔，手上紧握长两尺的柴刀，情绪激动，满脸通红。

农民们到齐了，那不是几十或几百人，而是几千人。一名青年用他那清澈的双眸看着一双双充血的眼睛。这名稚气未脱的十六岁青年微微抬起右手。

瞬间的沉默后，所有人一齐发出了呐喊声。那是从未在这个国家出现过的异国语言，具有独特的节奏感。呐喊声更加振奋了在场众人的精神，乘着被称为"哎呀风"的西北风渡海而去。

IV

嘎吱一声，门开了。门没有锁，因为没人会来这里。

毫无情调的房间中只有床、简易衣柜、桌子和椅子。椅子上坐着一个中年男人，正在桌子上写着什么。一件外套被随意丢在床上。

或许是写得过于专注，男人完全没有发觉有人开门进入了房间。

楼下的热气经由打开的门钻了进来。

男人感觉到这轻微的气流，惊讶地回过头，表情立刻僵住。

"怎么找到这里的……你是谁？"

入侵者面无表情，因为他脸上戴着威尼斯狂欢节上会看到的那种苍白面具。他没有说话，从口袋里拿出一条领带。

表情僵硬的男人从喉咙深处挤出嘶哑的声音："你是……"

　　男人的话没有说完，就被领带勒住了脖子。

　　经历了几十秒的痛苦之后，男人在模糊的意识下做出了最后的抵抗。他用右手抓住入侵者的面具，扯了下来。

　　男人的眼睛捕捉到了入侵者的样子。

　　"呃……"

　　二人对视，男人的眼睛似乎想要表达些什么，却已经无济于事。

　　男人的灵魂离开了这个世界。

宴会的邀请函

虽说现在我自己也能表演，不过第一次看到这个卡牌魔术的时候，我真的受到了强烈的冲击，那就是"Do As I Do"。按照魔术师表演时的步骤翻动卡牌，我选出的卡牌和魔术师选的卡牌就会是一样的。

其实原理很简单，只要知道窍门，连小孩子都能轻松做到。但第一次看到这个魔术时的那种震撼，我至今仍记忆犹新。

当时魔术师是哥哥。他大概是跟同学学的吧，脸上挂着跃跃欲试的表情来到我的房间。

我们每人拿着一副扑克牌，仔细洗牌之后交换。接着由我从自己手上的牌里选一张，不能被他看到，扣着放到牌堆最上面，再洗一次牌再交换。接下来，哥哥从手上的牌堆里挑出我刚刚选的那张牌，扣在桌子上。确认他将手拿开后，我从自己手中的牌堆中找出同样数字和花色的牌，也抽出来扣在桌子上。最后我们同时将牌翻开，居然是完全一样的牌。我抽出牌之前哥哥已经把手从牌上拿开了，他是怎么知道我会选哪张牌的……

我暗地里称呼这个一九二〇年发明出来的魔术为"目罗博士[①]不可思议的魔术"。

我在大学任教，专攻欧洲史，同时活用专业知识进行写作，以推理作家的身份获得了一定的知名度——不知道这样算不算脚踏两条船。读者姑且将我的作品归为本格派。

[①]目罗博士，江户川乱步的作品《目罗博士不可思议的犯罪》中的人物。

不过，就算遇到有些奇异的事件，我也不想将其渲染成"完美犯罪"或"密室犯罪"，现实和虚构我还是区分得比较开的。因此，且不论小说中的世界，我从未想象过会在现实中受到如此大的冲击，如同那个魔术带给我的震撼一样强烈。

那段文字仿佛预言了与我的邂逅，而充满谜团和隐喻的故事完全出乎我的意料，简直就是"目罗博士"的世界。那种感觉就像是自以为总算走出迷宫，找到了出口，结果用力打开门一看，小野篁①通向冥界的井被一束月光照耀着，在黑暗中显得格外孤单。

我回到了日本。我一直以为是自己解开谜团才终于走到这一步，但也有可能是被人牵着鼻子走。其实都一样。

我看了看表，还有二十分钟。很快就能知道迷宫的尽头有什么了。我跋山涉水来到这里，就是为了看清它的真面目。

我拧开随身携带的水壶的盖子，直接对着嘴喝。一口，两口，随着水流过喉咙，我的心情不但没有平复下来，反而更加激动。我闭上眼睛，努力抑制亢奋的情绪。

就在这时，我感觉到礼拜堂的门开了，有人走了进来。可不知道为什么，我的眼睛睁不开。大概是因为这里没有其他人，脚步声坚定地朝着我靠近。

是女人吗？

出乎意料，因为我之前一直以为今天出现的会是一位白发苍苍的老人。

脚步声停在我面前。

---

①小野篁，平安时代杰出的汉诗文作家，歌人。有"昼在朝廷，夜入冥殿"的传说。

仿佛刚刚完成对上帝的祈祷，我睁开眼睛，猛地抬起头。

*

十七日的前一天，我在经由安克雷奇飞往伦敦的飞机上。

之前的两个月不是一般地忙。

大学的课程结束后就是期末考试，要判三百名学生的卷子，还要看完研究班学生的毕业论文，除此之外，还必须接受好几家杂志的采访。

我讨厌"文化人"这个词，但我成了因东京奥运会的举办，世人对外国的兴趣日益高涨的象征，被称为"国际文化人"。我频繁到国外旅行或许是他们这样称呼我的原因之一，这在当年还是比较少见的。

另外，虽说并不算文化事业的一环，但除了教师的职务，我还连续四年担任某推理小说新人奖的评委。

推理小说奖的评选真的很难，只要是达到一定水平的参选作品，最终评委无论如何都会带着主观色彩去评判。与物理和数学不同，推理小说不存在对错，是"喜欢还是不喜欢"的问题。接下评委工作的时候我很烦恼该怎么办，于是给自己定下了两个原则。第一条是"作品的质量优秀"是首要的，但也不能光凭这一点去评判。另一条就是"我自己没有推理出真凶"。以这两条原则为前提，我接受了评委的工作。但实际上很难遇到同时满足这两个条件的作品，即便是其他评委推荐的作品，我也很少会点头称颂。去年倒是有一部不错的作品，但通过标题就可以判断谁是凶手，于是我以"缺少画龙点睛的一笔"为由将其淘汰。我也因此得到了"灭绝大师"这个外号。

负责年末女性杂志采访的记者浑身散发着香奈儿五号的香味。可可·香奈儿推出这款香水已四十年有余，但那优雅的香味会让人忘记时光的流逝。这位女性记者眼睛圆圆的，鼻梁高挺，身材纤长，不到三十岁，是我喜欢的类型。再加上对方称呼我为"活跃于国际舞台的富井老师"，让我有些飘飘然，话自然也变多了。我从私下感兴趣的火车模型聊到对欧洲各个城市的印象，甚至答应下次采访旅行会带上她。我心里很清楚对方只是为了工作，但就是抵挡不住别人的吹捧，有些忘乎所以了。女记者离开、香水的香味消失的瞬间，魔法解除了，我这才意识到对方说想跟我一起去采访旅行其实只是社交辞令而已，不禁有些失落。四十岁的单身汉在这方面还是很脆弱的。

这次出差是要出席于洛桑举办的学术会议，同时收集一些写研究论文用的资料。现在我正在研究的主题是《中世纪欧洲的异端》，主要研究对象是清洁派。清洁派是十一世纪初，于西欧广为流传的基督教异端教派。

那时的欧洲，有各种各样的异端教派诞生、消亡。譬如被认为是清洁派起源的鲍格米勒派，以及亨利·洛桑和皮埃尔·沃等人提倡的运动等。其中，清洁派是异端的代表。当然，他们最终的命运是被正统天主教彻底镇压了。

清洁派认为，包括人类的肉体在内，物质世界里的一切都是恶魔之手创造出来的。人类原本生活在天堂，是被恶魔拉到了地面上，因此人生在世原本就是来受难的。清洁派奉行二元论，善神造灵魂，恶神造肉身，两者完全对立。在清洁派眼中，正统的天主教是恶魔的化身。

在古代日本，物部和苏我两氏就曾针对是否接受佛教展开斗争。而最有代表性的宗教活动是江户时代对天主教的激烈镇压，这件事在整个日本史上都是少有的以宗教为焦点的历史性瞬间。当时正统天主教被当作异教镇压，这或许就是所谓历史的轮回吧。拥有信仰的人们被迫害、镇压，最终被消灭。我个人并没有信奉特定的宗教，但一个宗教在消亡过程中的那份壮烈还是深深打动了我。

尤其令我感兴趣的是清洁派严格的戒律：不允许杀生，不允许食肉，而且相信轮回转世。这些戒律与东方的教义相通，因此清洁派也被俗称为"西欧佛教"。我打算这次旅行期间去清洁派消亡之地——法国南部的朗格多克看看。

喷气式飞机的引擎声将我拉回现实。机内刚好在发放有机长亲笔签名的北极通行证明书、坂本九和黛纯的唱片作为纪念品。虽然明白这些东西只会成为旅途中的负担，我还是伸手去接过新奇的赠品，并露出拿到糖果的孩子般的微笑。之后，我脑子里想着到欧洲后要做的种种，不知不觉进入了梦乡。

*

我先从伦敦飞往苏黎世，再前往洛桑。

之前为了追溯哈布斯堡王朝的历史而在欧洲各地旅行期间，我曾将苏黎世作为据点住了很长一段时间。哈布斯堡王朝起源于瑞士，之后在整个欧洲扩张版图。而从苏黎世前往奥地利和德国都很方便。

渡过利马特河，穿过旧街区，在通往山上度假酒店的缆车站附近，有一家我很喜欢的旅馆。房间不多，也没有气派的餐厅，却小而舒适。旅馆老板未出嫁的女儿会让人联想到在森鸥外的

《舞姬》中出现的那个纤弱的女性。每次住在这里，他们都像家人一样对待我，因此我的腿总是会不由自主地朝这里走来。

那些出差期间日程排得满满的人听到接下来的话大概会不满吧，但为了调时差，抵达当日我都会好好休养。休息一晚后，我决定在乘坐中午开往洛桑的快车前，先去市内逛逛。现在回想起来，就是这悠闲的日程安排让我邂逅了那份"手记"……

以前住在这里的时候，每次闲逛我都会走固定的路线。苏黎世是一座小城，我会先穿过旧城区去苏黎世大教堂转转，然后过桥去班霍夫大街，沿着马路朝车站的方向走，走到车站附近再过一座桥就能回到旅馆了。

那天早晨我走的依然是这条路线。天空乌云密布，阴沉沉的。冬天尚未过去，早晨比较冷，我立起外套的领子，朝着旧街区的一角——苏黎世大教堂附近的火车模型店走去。虽远不及德国元帅赫尔曼·戈林的卡琳宫那般豪华，但德国制的火车模型依旧让我完全无法抵抗。这家店的老板跟我同龄，每当我推开店门走进去，他都会夸张地张开双臂迎接。

这处旧街区虽不及维也纳、萨尔茨堡和布拉格那般历史悠久，但仍保留着旧时的氛围。我穿过街道朝模型店走去，或许因为时间尚早，路上几乎没有别人，鞋子踩在石板路上的声音很是悦耳。

途中，我瞥见了某样东西，停下了脚步。

那是一家小画廊，或许很久之前就在，只是我一直没注意。我下意识地往橱窗里看，一幅画摆放在最显眼的位置，是我从未见过的画作，似乎再现了某场战争的场面……

心像被什么牵引着，我摇摇晃晃地走进店里。

正在里面看书的女主人抬起头，我们相互打了招呼。女人六十岁上下，身材丰腴，亚麻色的长发梳在脑后。也许是我的心理作用，总觉得她看到我之后脸上多了一抹红晕。

靠近了看，那是一幅油画，高约六十厘米，宽约八十厘米，整体给人的感觉有些阴暗。应该是近代画作，最多二三十年前。画中绘有攻方和守方，描绘的应该是一场攻城战。

我马上想到土耳其军对维也纳的包围战，但很快发现，画中的守方紧闭山城大门，城池立于已化为焦土的土地中央。岩山如刀砍斧剁，城墙就建于山顶附近。这就是所谓的寡不敌众吧。进攻一方的大部队将少数守卫层层包围。攻方这边还有投石机。

攻方中有一群显眼的骑士，身着典型的欧洲中世纪铠甲骑在马上，各种颜色的胸甲上都有白色十字，从铠甲肩部披下来的大披风上的白色十字也十分惹眼。

这幅画的整体色彩运用很像布吕赫的《死亡的胜利》，背景是煞风景的丘陵和被火光照得通红的天空，灵感或许来自耶罗尼米斯·博斯的《最后的审判》和《圣安东尼的诱惑》。

还有什么细节吗？

有四个人正从被严密包围的城堡上放下绳索，准备借此逃走。

现在我知道这幅画画的是什么了。肯定是蒙塞居尔围城战。我正在研究的清洁派与基督教之间的最后一战，在法国南部的蒙塞居尔城堡打响。可以说，只有我才明白这幅画的内容。可是为什么这幅画会在这种地方展出？

我回过头，女主人深深地吸了一口气，说："Japaner？（日本人？）"

我点点头。女主人赶紧追问："Verstehen Sie Deutsch？（你会德语吗？）"

见我再次点头,她继续用德语表示让我仔细看画的右下角。

Y.Hoshino

Hoshino,这不是战前和战时活跃于法国的日籍画家吗?我记得汉字写作星野泰夫,法国人则称呼他为 Oshino。他的名声虽不及以乳白色肌肤和日式纤细线描风靡一时的 Fujita(藤田嗣治)[①]大,但他巧妙采用浮世绘技法和色彩运用,确立了独特的画风。

但眼前这幅画的风格,和我记忆中的星野的作品大相径庭。他跟惠斯勒一样,大部分作品是人物画像,我从未见过这种北方文艺复兴风格的画作。这究竟是怎么回事?

"你的运气很好。"

正当我陷入沉思的时候,女主人如此说道。

"运气好?"

"因为这幅画只有今天才摆出来。"

"只有今天?"

"你应该发现了吧,这幅画描绘的是哪场战争。"

"是的。应该是十三世纪的南法蒙塞居尔围城战。"

"今天是三月十六日。"

我有些头晕。"哦……三月十六日。蒙塞居尔陷落,拒绝叛教的两百名信徒在山脚被处以火刑的日子。可为什么偏偏是这一天……"

"说短不短,说长不长,刚好二十年。没想到真的如他所说,

---

①藤田嗣治,法籍日裔画家、雕刻家。

有一位日本人被这幅画吸引而进到店里来。"

"这话是什么意思？"

二十年，也就是说，这幅画在战后不久就被寄存在了这家店里。而星野应该是战后就离开法国回到了日本，之后没多久就病逝了。

"你问我什么意思？我也不清楚。画家 Hoshino 在我丈夫还活着的时候就与我们有来往，瑞士和德国的富豪都很喜欢他那充满东方神秘色彩的风景画和人物画，光我们店就售出了近二十幅他的画作。而且他的作品数量很多。我丈夫每年都会去一趟他在巴黎的画室，他偶尔也会来这边玩。后来因为战争打响，有段时间我们无法来往，不过战争结束的那一年他又来到了瑞士，就在十二月圣诞节前夕。我丈夫非常开心，我也握住他的双手，庆贺他安全度过了战争。

"我们相识七年，其间发生了很多事。他曾和一位法国女性喜结连理，而他的祖国遭遇了和德国同样的命运。令人震惊的是，他说他是来向我们告别的。他对我们说：'我决定回日本。虽然二十年没回去了，但我想为新生的祖国做点儿什么。'当时他带着这幅画，留下了非常奇怪的委托。"

"奇怪的委托？"

"是的。就像你看到的，这幅画和他以往的风格完全不同。要是没有他的签名，很有可能会被误以为是哪个临摹高手为忠实地再现佛兰德斯画派的风格而画出来的呢。他说想把这幅画放在路上行人能看到的位置，而且一年只放一天。"

"只放一天？"

"就是三月十六日这一天。我丈夫问他为什么，他只是笑笑，没有回答。他还说：'某天，会有一个日本人看见这幅画而走入店中,到时候希望你们把我的信件转交给那个日本人。'"

"并没有说具体是什么时候啊……"

"是的。也许那一天永远都不会来,不过他说那样也无所谓。他拜托我们,只要这家店还在,就每年都要记得将这幅画摆出来一天。是不是很奇怪?画家Hoshino一直十分关照我们这家小店,我们自然接受了他的委托。而且只是每年摆出来一天而已,又不费什么工夫。得知我丈夫愿意接受这个委托他很开心,我们畅聊了一会儿之后他才离开。

"十年前他已经在日本过世了吧,但答应别人的事必须做到。我丈夫也在那段时间过世了,之后就一直由我履行这个约定。神奇的是,居然真的等来了一位日本人。"

"刚刚提到的信件是?"

"你要看看吗?实际上,他托我们保管的物品不只有信件,还有别的东西,不过其他东西需要根据你之后的回答再决定是否交给你……"

(这又是怎么回事?)

"能先让我看看那封信吗?"

女店主交给我一个印着酒店标志的信封。

酒店的名字是"阿德隆"……我想起来了,这家酒店就在勃兰登堡门旁边,面向菩提树下大街,是战前柏林城里最高级的酒店。战时虽然幸免于难,但现在应该已经被拆除了。星野还去过柏林吗……

信封上什么都没写,能感觉到里面有好几张纸。在女店主眼神的催促下,我打开了信封。

信纸上也有"阿德隆"的标志,一共五张。

竖着写的旧假名。黑色墨水，字体秀丽。像是女性的优美笔迹。

我迅速地看了起来。

敬启者：

寒冬的余韵尚未褪去，谨祝您日日康泰。

话虽如此，我并不认识看到这篇拙文的您，也不知道您阅读这封信时是何时，亦不知您是男是女，这些都在我能预料的范畴之外。甚至不知我是还活着，还是已经离开人世了。

可以肯定的是，正在阅读这篇拙文的您知道我是一个西洋画家，对我的画作产生了兴趣，应该也明白三月十六日这个日子背后的意义，所以才会想要阅读这份托付给未来的您的书信。

有一件事我必须提前说明，那就是我为什么要给身份不明的日本同胞留下这样一篇文章。

正如您所知，我是一个身居法国的西洋画家，虽为战争所苦，却也在这期间遇到妻子，组建家庭，并顺利活到纳粹败北。

我的姐夫在战争期间是位于柏林的日本驻德国大使馆的驻外武官，不幸被卷入某起事件。不过这件事并不重要，且与您无关。

虽身处动荡的欧洲，但除了那次事件，我一直过着极其平凡的画家生活。直到那天为止……

一周前，战争结束，我决定久违地造访这家令人怀念的画廊。于是我驱车径直前往瑞士边境。

但因天气恶劣，我被困在了半路，只好到附近的一栋别墅中暂住。在那里，我经历了一次震撼心灵的事件——我遇到了一桩杀人案。

那不是一起普通的杀人案，是令人震惊的、结构复杂的案件。

还有一件令我惊愕的事。之前为了转换心情,我于偶然间画下了一幅与素有风格完全不同的画,是的,正是您看到的那幅。我为筹措归国旅费,打算将它与其他几幅画一起拿去画廊卖掉,因此把画都放到了车上。而这幅画居然与在别墅中发生的事件背后隐藏的巨大谜团有关。

无论是画这幅画的时候,还是把它装到车上的时候,我都从未想象过会经历别墅里发生的事。进入那栋别墅也完全是个偶然,如果那天天气好,我应该已经抵达瑞士边境了。为什么会有如此可怕的偶然呢?

当时,一个想法在我脑海中一闪而过:不,这不是偶然,是必然。

必然……

最终案件总算圆满解决,我再次驱车前往瑞士,但我的好奇心太旺盛了,不可能将那个可怕的谜团埋藏在心底直接回国。

我在距离苏黎世不远的小镇上找到一家廉价小旅馆,租下其中的一个房间,用一周时间,绞尽脑汁地将在那栋别墅中发生的一切都记录了下来。

这一周我一步都没有离开过旅馆,终于完成了手记。在重新审阅手记内容的时候我松了一口气,同时也发出深深的叹息。

因为我意识到,只有理解这幅画的意义的人,才能够解开这个谜团。

该怎么办才好呢?

答案只有一个。

等待能理解这幅画的日本人出现,即便届时我的肉体已然消亡……

至于我为什么不将手记带回日本,在看完手记之后您自会明白。

因为那起案件必须在欧洲破解。

上文的内容或许过于抽象，但我并没有夸大其词。

您做好跨过那条线的心理准备了吗？

您应该会拿到一个木箱。您绝对想象不到箱子里装着什么，那也是您踏上智慧冒险之路的旅行指南。

您必须小心，这个迷宫是"智慧的迷宫"。拿着冒险指南解开一个谜团后，您就会接到下一个谜团的邀请函，或许会在不知不觉间陷入莫比乌斯带般的无尽循环中。就算您将其切断，找到通往出口的大门，还是会被新的谜团所诱惑。

即便如此，您还是要打开那个木箱吗，还是就此离去呢？一切都由您来决定。

谨启
一九四五年十二月某日
写于瑞士
星野泰夫

老实说，我完全不知道星野在说什么。不知道会不会像以前浅草的杂耍棚那样，说是有"老虎"，结果进去一看，虽然的确是老虎，但不过是有张虎皮而已。

算了，反正早晚会搞明白。我已经抑制不住自己的好奇心了。

对女店主表明我想打开木箱后，她满意地点点头进到里间，很快拿着一个木箱子回来了。看箱子的大小应该能放两三瓶红酒。

质地应该是橡木的，外表平平无奇，也没有任何暗纹。

我小心翼翼地接过箱子。它比想象的重，两处合页简单地将箱盖固定在箱体上。我把箱子放在旁边的桌子上。

手有些颤抖，我偷偷张握了几下手掌后才把手放在盖子上，将其打开。

里面放着厚厚的两沓信纸，分别写着"手记一"和"手记二"，每册右侧都用线绳仔细装订在一起。我拿起来翻了翻，笔迹与刚刚那封信相同，而且也是竖着写的。

下面还有相当厚的一沓纸，全英文，是用打字机打印出来的。标题是 The English Shoe Mystery，翻译过来就是《英国鞋之谜》，跟奎因的《荷兰鞋之谜》有什么关系吗？

我拿起英文稿，发现下面有两张地图，一张是伦敦市区地图，另外一张是英国地图。

还有两组照片，第一组是一九三七年兴登堡号遇难的瞬间。

另外一组一共有四张，是岩山的照片。绝对没错，这陡峭的山峰，是蒙塞居尔。星野是基于这些素材画下那幅画的吗？但是等一下，每张照片里都拍到了飞行物。是飞机。把四张摆在一起，岩石的角度没变，飞机的位置则略有不同，应该是在同一地点、不同时间拍下的。四张照片的右下角用油墨编了序号，按照序号观察飞机的轨迹会发现它在画"十字架"。编号①的照片右下角还写着日期：一九四四年三月十六日，是传言盟军发动大陆反攻的紧张时期。这架飞机应该是军用机。而且照片里的日期也是三月十六日。

这到底是什么意思？英文推理小说和伦敦地图。兴登堡号和在蒙塞居尔上空盘旋的飞机。是德军的飞机还是盟军的飞机？

我明白了。这是星野早在二十几年前便准备好的挑战书。不知道出于什么理由，他向某个未来与这个木箱相遇的日本人发起了挑战，战场就在这个"智慧迷宫"中。

不能输给他。

我在心中暗暗发誓。

　　表明自己的决心后,我拿着箱子离开了店里。告别的时候,女主人开心的样子令人有些在意,但当时我的心已经被夹在腋下的箱子彻底占据,连火车模型店都没去,直接回到了旅馆。

手记一

A

　　首先说明一下遭遇事件之前我的情况。接下来我要讲述的内容全部基于实际发生的事情。这一天是战争刚刚结束不久的一九四五年十二月十五日，星期六。

　　我在同年五月离开战争结束但尚未恢复平静的巴黎，搬到了德国边境附近斯特拉斯堡郊外的一个小村庄居住。在九月末举办的地方议会选举上，战前在任的市、镇、村长被革职。之后的十月二十一日大选，法国人民共和运动党占据了绝对优势，洛林地区的德国势力迅速减弱。虽然奶制品等物资始终不足，但所有人都打从心底为好不容易迎来的和平而感到开心。

　　至于我，还是一如既往地在作画。

　　在这里必须稍微介绍一下我的家庭情况。我的父母都是近江人①，父亲在贸易公司工作，经常出差在外。我还有一个姐姐。我们俩从小就和父母生活在伦敦，对于海外生活没有任何不适应，后来甚至对居住在曾经充满军国主义色彩的日本有些抵触，应该是儿时的体验对我们的影响太大了。

　　姐姐后来嫁给了一名海军，战争期间姐夫以武官的身份在德国工作，他们夫妻便一起住在柏林。姐姐同样身在欧洲，这令我安心不少。苏联军队逼近柏林后，包括他们夫妻二人在内的所有日本大使馆人员都逃到了萨尔茨堡以南的巴德加斯坦。

---

①近江国，日本古代的令制国之一，属东山道，又称江洲，领域大约为现在的滋贺县。

德国投降后，外交团遭美国第七军逮捕。六月，大使和二十几名陆海军武官被转移到法国的勒阿弗尔。在那里过了一段实际上相当于监禁的日子后，夫妻俩才通过在美国的人脉回到日本。独自留在欧洲的我则与在战争期间认识的法国女性结了婚。

我的祖国于八月投降，全世界迎来了和平。

某天，报纸上刊登了被烧成废墟、状况凄惨的首都东京的照片。看到那张照片的瞬间，我决定回国。战前我就非常厌恶日本的军国主义，因此，即便在被纳粹的军靴蹂躏的期间，我也依然留在欧洲，完全没有回去的想法，但现在，我必须回去。这是为什么呢？我不是什么爱国人士，但我始终坚信，就算国家变成三等或四等，我们的国民也是一流的。

就像表面看起来已经枯萎的树枝也会冒出新芽，日本必定会复苏，而我必须参与这个过程。

想回国就需要旅费。之前我在巴黎和苏黎世各有一名相熟的画商，但巴黎的那位在战争期间不幸遭遇犹太人大屠杀，不知被盖世太保的人带去了哪里，战争结束后也没有回来。为了筹措路费，我决定驱车到瑞士卖几幅画。从同盟国拿到德国边境的通行证后，我便从斯特拉斯堡出发了。

进入德国境内，天气依然晴朗。虽然气温骤降，但在暖风设备运行良好的车内，完全感觉不到天气恶化的征兆，顶多就是地面上的积雪反射的太阳光有些刺眼而已。

可就在穿过"黑森林"，快到瑞士的时候，天气突然变得奇怪起来，没一会儿便下起了雪，而且是雨夹雪。

当时的情况真的很严峻，毕竟没有几个人会在大冬天跑到这种荒山野岭来。就算天气好的时候，也很少能看到有车从对面驶来。最要命的是，在这暴风雪之中，能见度只有正前方几米而已。那种感觉就好像只有自己一个人被留在了地球上。

最终，我被困在了大雪中，进退两难。汽车一熄火，我瞬间被自然界的声音包围，听着无法形容的凛冽的风声，感受冷空气迅速钻入车内。继续留在车上很可能会被冻死。一想到这里，恐惧瞬间从内心深处涌了上来。我虽然在欧洲住了二十年，但几乎从未在冬天去山区旅行。"又不是南极"，就是这种天真的想法导致了眼下的窘境。

在我胡思乱想之时，雪越下越大，道路已经变成一片雪白，这下对面更不可能会有车开过来了……我痛下决心，打开车门，走到车外。雪拍打在脸上，比起寒冷更多的是疼。身体被风吹得左摇右摆，我胡乱向一个方向走去。

就在这时，我发现被雪覆盖的地面上还依稀留有车辆驶过的痕迹。我死死盯着眼看就要消失的轮胎印，跟着它向前走。

走了大概有十分钟，透过暴风雪，我看到了远处闪烁着的朦胧灯光。当时我感动得都要哭出来了。不过实际上，因为太冷，鼻涕都已经冻住了。

那是一栋小别墅。别墅前方有庭院，里面停着几辆车，都被积雪覆盖着。

别墅是石砌的三层建筑，左右对称，就像一只张开翅膀的大鸟，右侧还有一座圆形的塔。整栋建筑的大小要比巴伐利亚的林德霍夫宫小上一圈，而且，与林德霍夫宫不同的是，这里没有石像一类的装饰，整体呈流线型。我有种似曾相识的感觉，好像在哪里见过类似的设计……

对了，它很像位于拜罗伊特的瓦格纳的居所——万弗里德别墅。路德维希二世十分欣赏瓦格纳的才华，他的林德霍夫宫是路易十五时代的洛可可样式，万弗里德别墅则体现了日耳曼式的朴实刚健。眼前的别墅就会让人联想起那座被称为"梦幻与和平之馆"的建筑物。现在虽然整体被冰雪覆盖,但还是能看到缠绕在部分建筑物上的常春藤藤蔓。相信刚建好的时候应该和万弗里德别墅没什么差别吧。

建筑物上的积雪,再加上遮挡视线、漫天飞舞的雪花,使整栋别墅看上去灰蒙蒙的。正面入口处有一道黑色的门,上面规则地排列着圆形的铁钉,门上方的石头上刻着文字。虽然由于下雪,认起来有些费劲,但我还是努力看清了上面的内容:"VERBA VOLANT. SCRIPTA MANENT"。

是拉丁语,但我当时没有多余的精力去思考它的意思,心里只有一个念头:我得救了。

B

站在庄严肃穆的门前时,我全身都是雪,脸上的雪都开始结成冰了,就像是一直待在冰库里的雪人。

我按响小小的门铃,没过多久,伴随着沉重的声音,眼前的木门开了。开门的是一位长着鹰钩鼻的中年男人,穿着黑色的西装,黑发梳理得一丝不乱。

我用英语问:"您能听懂英语或法语吗?"

男人冷漠地回答:"日常对话的话,可以。"

松了一口气的我继续用英语说:"抱歉冒昧打扰,我在前往瑞士的途中被暴风雪困在这附近,车子抛锚了,机缘巧合之下发现了这栋别墅。"

"请稍待片刻。"

说完,他咣当一声关上了门。对方的态度比较冷漠,似乎从一开始就不太想跟我说话。

过了不到一分钟,门再次伴随着沉重的声音打开。来人的长相与之前那个男人有些相似,不同的是,这位先生一头银发,面颊有些消瘦,戴着圆圆的眼镜,标准的优雅贵族的长相。

"真是不好意思,管家不善言辞。我是这栋别墅的主人艾兴巴赫。"

看来他是一位善于社交的人物。

别墅主人笑容满面地继续说道:"不管怎样,先别站在外面了,很冷吧,快请进。您是日本人吧?"

"是的。"

"欢迎欢迎。就在不久前我们还是轴心国的伙伴呢。今晚这里刚好要款待客人。"

我急忙掸掉身上的雪,接着就被拉着胳膊进入了别墅。大门将呼啸的暴风雪隔绝在外,门内是另一个世界。

首先映入眼帘的是挂在正面墙上的肖像画,画像与真人等高。

"这是……"

这不是丢勒[①]吗!不,比丢勒更像丢勒。

非要说的话,那就是丢勒的《鲍姆加特纳祭坛》中画在右联的《圣尤斯塔斯》。原画中间一联是《耶稣诞生》,左联是《圣乔治》,三联一体。

令我震惊的是,一直困扰丢勒的难题并未出现在这幅人物肖像画中。这幅画将弗兰德斯式的自然主义和意大利式的对立式平衡完美地融合在一起。

人物的脸朝着斜前方,上半身被铠甲包裹,左手扶在腰间的

[①] 阿尔布雷特·丢勒(Albrecht Dürer, 1471—1528),德国中世纪末期、文艺复兴时期著名的油画家、版画家、雕塑家及艺术理论家。

佩剑上，右手和《圣尤斯塔斯》里的一样，把飘扬着三角旗的旗杆稳稳地立在地面上，就连鞋后跟上的马刺都一模一样。

（不，不对。）

旗子上的图案不同。原画上是长了两只长角的鹿头，头中央位置画着受磔刑的耶稣。眼前的这幅画则是金色的狮子像。

"狮子……而且是黄金的……"

丢勒应该在斯特拉斯堡住过，不过后来就去意大利了……

肖像画里的人很明显是我身边的艾兴巴赫。

天花板上垂着枝形吊灯，十几个发出柔和光亮的圆球规则地排列着。地板是抛光过的大理石。墙壁略带橘色，距离天花板三十厘米左右的墙面上画着装饰性的文字图案，绕房间一周。

（这是……）

绝对没错，是维京的古文字。纳粹德国时期，党卫军和国防军采用了各种各样的符号。战争期间，在巴黎经常能碰到头戴骷髅军帽和佩戴着以古文字为原型的SS领章的党卫军军官。此时，我突然想起姐夫还住在柏林时，我在那里见到的纹丝不动地站在总理府正面、毫无破绽的两名党卫军士兵。从他们身上散发出一种秩序、冰冷以及无法形容的恐怖……连好歹同为轴心国人民的我都有这样的感觉，那些被党卫军的军靴践踏过的人们，心中的仇恨肯定很深重吧。

不过，这栋别墅怎么看都应该是纳粹兴起之前建成的，别墅的主人也不是纳粹支持者。可是，丢勒风格的画中出现了黄金狮子和古文字……

（这里究竟是……）

"虽说是偶然，但说出来真是有点儿吓人，今天还有一位日本人来，他似乎也是迷路了，把车丢在路边跑到了这里。"

不知什么时候跑到身后的艾兴巴赫的声音将我从思绪中拉了出来。

（日本人？）

战争才刚刚结束，而且是在德国南部的深山里，居然能遇到同胞，这是我完全没预料到的。

我跟着艾兴巴赫，走上门厅右手边平缓的螺旋楼梯，来到了客房所在的二楼。走廊的左右两侧各有四扇门，分配给我的是位于左侧、从楼梯这边数的第二个房间。

我进了屋子，关上房门。不知是不是因为安装了暖气，屋里非常温暖。房间差不多有十张榻榻米那么大，家具只有床、桌椅和衣柜，很注重实用性。我看了看浴室，比想象中要大，贴着瓷砖，有一个猫脚浴缸。我脱掉衣服，小心翼翼地拧开水龙头，冰冷的水倾泻而出，让我下意识地后仰了一下。过了一会儿，水温开始上升，慢慢变成热水。

冲了个热水澡，感觉整个人都活过来了，心情舒畅。我把浴巾围在腰间，走出浴室。从车里出来时我没有拿行李，所以只能打开衣柜看看有没有我能穿的衣服。一套西装挂在衣架上。既然别墅的主人说可以自由使用，我就不客气了。我穿上浆得笔挺的衬衫，系好浅绿色的阿斯科特式领带——因为艾兴巴赫告诉我之后有晚宴。袖子稍微有点儿长，不过这种款式在欧洲很常见，所以我也没在意。穿上格纹裤子和棕色西装背心，最后套上米色的外套，一切准备就绪。

我走下楼梯，一只脚刚踏入客厅，就被某种庄严的气氛吞没。客厅里聚集着四五位绅士和一位淑女，不知飘荡在房间中的上流社会的气息是他们营造出来的，还是留声机里正在播放的瓦格纳的《帕西法尔》烘托出来的。

所有人锐利的目光都投向我,但在我身上停留了一瞬便移开了,之后他们就像什么都没发生一样继续着各自的谈话。令我感到吃惊的是,这个房间的暖炉不是靠在墙边的,而是放在房间的正中央,就像日本的地炉①一样。

客厅朝向别墅正面和背面的方向设有窗户,此时都拉上了厚实的窗帘。房间深处的墙上装饰着几幅风景画。刚刚我走进来的客厅入口跟门厅是相连的,同一侧深处还有一扇门。

一个日本男人站在暖炉边,无所事事。他身穿低调的黑色西装,眼角微微上挑,身材和我差不多,估计年龄也相仿。

我们互相点点头打过招呼,便攀谈起来。

对方伸出手,同时说道:"居然能在这里遇到日本人,真是有缘啊。敝姓……星野,星野泰夫。请问您贵姓?"

我有些生硬地伸出手回应道:"敝姓井伊。"

"井伊先生。是井伊直弼②的那个井伊吗?"

我没有马上回答,而是顿了一会儿才说:"我不太在乎出身,不过的确是那个井伊。您姓星野,莫非是那位有名的西洋画家?"

"您太客气了,我哪里算得上有名。"

"啊——不好意思,我来晚了。"

艾兴巴赫面带笑容地走进房间,打断了站在暖炉边的我们。

"请允许我为大家介绍,今天非常巧,来了两位日本客人。一位是……"

"敝姓星野。"

---

①地炉,日本大和族和阿伊努族传统住宅中的一种家具。在地板上挖开一块四方形空间并铺上灰烬,用来燃烧木炭或柴火。
②井伊直弼,近江国彦根藩第十五代藩主兼江户幕府的大老。

"井伊。"

不知为何，听到"井伊"这个姓氏艾兴巴赫明显更开心了。

"哦，井伊先生，写成字母是 Ii 吗……"

虽然他一直保持着微笑，但房间里的其他人听到我们是日本人之后，产生了情绪复杂的骚动。

大概是发现了众人的异样，艾兴巴赫连忙说："这也难怪，就在不久之前，日本还在发动战争。但我想，各位肯定都希望忘记战争带来的不愉快回忆。七年前的那天，在预感到即将发生战争时我们不是发誓了吗？就算有哪个俱乐部成员的祖国成了敌人，在战争结束的拂晓，我们还是会像原来那样聚到一起。"

"的确如此。"说话的是一位中年绅士，一头银发梳理得整整齐齐，穿着一套带条纹的黑色西服。他接着说："虽然我的儿子在新加坡被日军俘虏，后来死在了监狱里……"

"厄舍先生，我能理解你的心情，但这两位本身并没有做错什么，只是碰巧是日本人而已。战争会令整个国家陷入癫狂。而且我是德国人，是曾与你的国家交战的德国哦。"

"这么说来，我的国家也是轴心国之一。"一个嘴上留着胡子、身材微胖的黑发男人插话道。他自我介绍说叫"法齐奥"，同时主动伸出手。

茶色头发的女性也表示理解，说："就是的，厄舍先生。你、去世的美国人英伯特先生，还有法国人兰斯洛特先生，都是同盟国那边的。法齐奥先生和艾兴巴赫先生，以及奥地利人拉登胡伯先生则是轴心国一方。我的国家在战争期间虽然保持中立，但佛朗哥总统是得到了德国的支持才获得了权力，所以硬要说的话，也算是轴心国那边的。你要是向这两位日本人追责，那我们也是同罪了。"

我看向这位女性，她的年龄应该在三十五到四十岁之间，头发优雅地盘起，华丽程度堪比路易十五的情妇蓬帕杜夫人。她身穿一席淡蓝色的连衣裙，下巴处稍稍失去了一些紧致，勒得紧紧的束腰勾勒出腰部的曲线。

几年前有一位女演员，凭借主演希区柯克的电影获得奥斯卡最佳女主角奖，名为琼·芳登。眼前的这位女性，从某些角度看就会让人联想到那位女演员。如果用可爱动人来形容芳登的竞争对手、同时也是她姐姐的奥莉薇·黛·哈佛兰，那么芳登就是充满知性的华丽的美。

"我明白了，科尔特斯夫人，我不该意气用事，但那毕竟是我的独生子。请原谅我，这事的确与你们二人无关。"

虽然有些生硬，但这位被称为厄舍的绅士一开始还微微板着脸，之后便面带微笑地朝我们伸出手。

"我叫厄舍，英国人。我的太太是法国人……"

听到他的夫人是法国人，我刚要开口，却被艾兴巴赫抢了先。

"厄舍家在英国是名门贵族，他的夫人更是出身诺曼时期就存在的传统法国贵族。"

"厄舍，是埃德加·爱伦·坡的《厄舍府的崩塌》中登场的那个厄舍吗？"我抑制不住好奇心，询问道。

"是吧。"

大概是我举的例子不太好，厄舍的回答有些冷淡。

艾兴巴赫似乎是为了转换话题，说道："各位，差不多该有请兰斯洛特先生了。"

法齐奥和厄舍马上表示同意。除了我们两个不明就里的日本人，其他人似乎都明白了艾兴巴赫的意思。

"好吧。"

兰斯洛特四十五六岁的样子,身高超过六英尺①,细长脸,五官端正。他微笑着走向摆放在房间角落的三角钢琴。艾兴巴赫拿起留声机的唱针,瓦格纳的曲子停了下来。

"星野先生,井伊先生,他不仅仅是位律师,还是一流的钢琴家哦。"

兰斯洛特打开键盘盖,清了清嗓子,调整椅子的位置后坐下。他取下刻有"L"的金色戒指放在钢琴上,挺直了腰板。

"各位想听什么?"

"巴赫吧。"

"好的。"

兰斯洛特闭上眼睛,十指置于琴键之上。钢琴奏出的旋律继而缓缓地、略带庄严地充满整个房间。

"是巴赫的创意曲……"我小声地说了一句。

站在我身边的科尔特斯夫人在我耳边低声说:"我们都认为他是巴赫转世。"

她的话的确毫不夸张,那如泣如诉的旋律就像有生命般自琴键流入我的耳中。

二十几分钟的迷你演奏会结束后,兰斯洛特在众人的掌声中深施一礼,说:"接下来就按照惯例,有请此次的东道主艾兴巴赫先生吧。"

我立即询问:"接下来要做什么?"

"纸牌魔术。艾兴巴赫先生是一位有名的历史学家,而他的兴趣是纸牌魔术。"

"说是兴趣或许有些失礼。"厄舍叼着烟斗说,"他的技术可

---

①约一点八三米。

是专业级的。"

客厅一角放着一张专门用来玩桥牌的漂亮桌子，艾兴巴赫大大方方地走过去，从小小的抽屉里取出一副牌。牌的背面是深红色底色的，上面画着一只长着翅膀、脚踩在《圣经》上的金色狮子，透出威严和气派，让人觉得那不是一副普通的扑克牌。

（而且……）

金色狮子，瓦格纳，丢勒，这究竟是怎样的组合啊！

艾兴巴赫招呼所有人到桥牌桌旁。待大家聚集到桌子周围后，他开始熟练地洗牌。

"哦哦，这是那个！"法齐奥满脸喜悦地揉搓双手。

"是的，这是法齐奥先生送给我的十九世纪的扑克牌。"

洗好牌后，艾兴巴赫将整副牌倒扣在桌子上。

"我先为大家表演一个极其简单但非常经典的错误引导（Misdirection）魔术吧。"

"错误引导？"

"是的，井伊先生。譬如说……"

艾兴巴赫从右边的口袋中取出手帕，用右手高高举起后晃动了几下。接着他双手包住手帕，再打开的时候手帕里多了几枚硬币。

"硬币……是从哪儿变出来的？"

艾兴巴赫微笑着说："这就是错误引导。井伊先生，你刚刚一直在看我的右手吧？"

"因为你在晃手帕啊。"

"你的注意力都被手帕吸引了，实际上你应该盯着我的左手，那样你就会看到我从左边口袋里取出了硬币。"

"原来如此。"

艾兴巴赫稍稍加快了语速。

"变魔术不一定要迅速，并不是速度够快就能轻易欺骗观众的眼睛。关键是要在某个瞬间，错误地引导观众的注意力或推理的方向，让其误以为没有发生的事情发生了。只要能做到这一点，根本不需要飞快的速度，可以大大方方地慢慢来，毋宁说明目张胆地做反而不容易被察觉。"

确认已经勾起了所有人的好奇心后，艾兴巴赫继续说道："科尔特斯夫人，请从牌堆中任选一张您喜欢的牌，并把它抽出来。"

被指名的科尔特斯夫人紧张地上前，小心翼翼地伸出右手。

她拿起牌堆，随时注意不被艾兴巴赫看到，谨慎地从里面抽出一张牌。

"决定选这张了吗？请给其他人看一下。"说完，艾兴巴赫便转过身背对着我们。

夫人把牌拿给我们看。是黑桃K，牌面上的国王头戴奢华王冠，身穿中世纪豪华服饰。

"请将选好的牌扣着放在桌子上，然后从剩下的牌中选出一张您最不喜欢的牌，并抽出来。"

艾兴巴赫依然背对着我们。

夫人这次抽出的是红桃七，同样拿给我们看了。

"您最不喜欢这张牌？"法齐奥有些惊讶地眯起一只眼睛。

夫人说："不喜欢的牌也选好了。"

"也请扣着放在桌子上。至于其余的牌，我想想，请交给站在您旁边的法齐奥先生，可以吗？"

然后艾兴巴赫转过身，继续道："很明显，这副牌没做过任何手脚，我向圣马可发誓。"

说话的同时，他用手分别盖住扣在桌子上的两张牌，左手盖在夫人喜欢的黑桃K上，右手盖在夫人不喜欢的红桃七上，并将牌拉到自己身边。

"看好哦，科尔特斯夫人，接下来我会把这两张牌拿在手里，放到身后。为了避免有人说我偷看，在这个过程中我会死死盯着你的眼睛，这样就能证明我的视线一直停留在你身上。"

艾兴巴赫用他那双好似蓝色玻璃球的眼睛盯着夫人热情的黑眸。夫人有些害羞，不过还是与他保持对视。

接下来，艾兴巴赫将双手移到了背后，左右手分别拿着一张翻过来的牌。

"那么，"他背着手，冲夫人微微一笑，"我会把其中一张牌还给夫人。你想要喜欢的那张牌呢，还是不喜欢的那张呢？"

"不喜欢的那张。"

"好的，那就是这张了。"

他的手在身后动了几秒钟，随即右手伸出，左手则继续留在背后。右手拿着的是一张正面朝上的牌。"就是这张吧，请拿走。"

夫人从艾兴巴赫的右手大拇指和食指间拿走那张牌，所有人都凑上前看，正是红桃七。

我猛然想起之前艾兴巴赫说过的话，于是没有死盯着牌，而是看向他的左手。然而他的左手一直放在身后，没有动过。

再次将右手放到背后的艾兴巴赫开心地说："各位或许很惊讶，但其实接下来才是重点。我的左手还有一张牌……"

他再次转过身，背对我们。所有人都看到了他背在身后的双手，和左手拿着的黑桃K。

"科尔特斯夫人，请将剩下的这张牌从我的左手中拿走，然后交给法齐奥先生。麻烦法齐奥先生将它与你手中的牌混合洗匀，放在桌上。"

夫人伸手越过桌子去拿牌，全程小心翼翼，好像艾兴巴赫的手随时会变成蛇咬她一口。她迅速把牌抽出交给法齐奥，法齐奥把牌转了个方向，让上面的狮子和其他牌保持一致，然后细致地洗牌。

洗好后，法齐奥满意地将牌放回到桌子上。

"好了。"听到夫人的答复，艾兴巴赫再次转过身看向众人。

他边伸手拿起桌上的牌堆边说："现在这副牌，仅缺一张夫人不喜欢的红桃七，其他都在。"

艾兴巴赫把牌翻转过来，背面朝下，数字面朝上，慢慢洗着牌，继续说明："正如大家所想的，接下来，我会猜出夫人喜欢的牌是哪张。"

"我就知道，但从理论上来说那是不可能做到的。"兰斯洛特露出困惑的表情。

"哈哈哈，兰斯洛特先生，所以才说是魔术啊。"

"可是，你不可能知道的，我一直看着你的眼睛呢……"科尔特斯夫人的声音有些颤抖。

"其他人也这么认为吗？"艾兴巴赫开心地看了看所有人，慢悠悠地整理洗好的牌，放回到桌子上，"这就是我最初提到的错误引导，跟推理是一样的。你们都被骗了。"

紧接着，他突然说了一句"冒犯了"，上半身探向桌子，右手伸向科尔特斯夫人胸前。

夫人发出短促尖锐的惊呼，同时，一张牌就像是从夫人那深深的乳沟中冒出来的一样，出现在大家眼前。

"各位，这就是夫人喜欢的那张牌。"

的的确确,就是黑桃 K。

众人纷纷鼓掌,之后大家针对魔术与推理的相似性讨论了一会儿。艾兴巴赫似乎没有阐明手法的打算。

"话说回来,拉登胡伯先生还没到,我可是听说这次他会参加啊。"科尔特斯夫人用很重的卷舌音发出名字里的"R"。

"是的。不过因为下雪,他晚一点儿才会到。"艾兴巴赫解释道。

站在厄舍身旁的法齐奥摇晃着身体问:"拉登胡伯先生是个什么样的人来着?"

厄舍马上回应道:"这真是个好问题,法齐奥先生,我也有点儿记不清楚了……"

"这也难怪,毕竟都过去七年了。而且拉登胡伯先生经营的进口商会工作非常繁忙,例会他只参加过一次。就是六月,战争爆发前,在英伯特先生位于枫丹白露的别墅举办的那次聚会。"兰斯洛特补充道。

管家穿梭在众人之间,送上饮品。我从托盘上选择了红酒。

"我记得他戴着黑框眼镜,长相精悍。虽然说不出来具体是哪里,但总感觉跟艾兴巴赫先生长得有点儿像。"

艾兴巴赫表示钦佩地说:"兰斯洛特先生的记忆力真是惊人,不愧是律师。"

"不好意思,方便的话能说明一下吗?通过短暂了解,我已经知道各位从欧洲各地赶来,聚集于此,但具体来说这是个怎样的团体呢?"我恭敬地询问道。

艾兴巴赫连忙说:"抱歉,抱歉,还没向您介绍过。这么说吧,这是一群拥有共同爱好的人的聚会。"

"共同的爱好?"

"是的，在场的所有人，都喜欢推理小说。"

"喜欢推理小说？"我因为好奇而两眼放光。

艾兴巴赫的视线仿佛正看向过去："差不多是十年前……我因为商务上的事乘船前往美国。我不喜欢坐飞艇出行。旅途漫漫，而我在一等旅客客舱认识了此时在场的各位，以及因病去世的美国人英伯特先生。"

"英伯特先生……离我们而去了。他是路易斯安那州的大富豪，是位充满魅力的男性，就像《乱世佳人》里的瑞特·巴特勒。"西班牙琼·芳登感叹道。

"是啊。最初我们天南海北、漫无边际地聊，打打桥牌什么的，之后不知怎么就聊到克里斯蒂和道尔身上去了。我们发现非常凑巧，围坐在同一张晚宴桌边的全都是推理小说迷。"

听到艾兴巴赫提起这个，法齐奥戏谑地看向科尔特斯夫人说："甚至后来还有人真的成了推理小说作家呢。对吧，科拉尔夫人？"

"咦？！莫非您就是那位大名鼎鼎的玛格丽特·科拉尔女士？"这个消息让我大吃一惊。

科尔特斯夫人笑着回答："我的本名是玛利亚·科尔特斯，这两个名字的首字母缩写都是 MC，不是吗？"

玛格丽特·科拉尔这个名字在法国人尽皆知。第二次世界大战爆发的两年前，也就是一九三七年，她如同彗星般出现在推理小说界，与克里斯蒂并称为欧洲女性作家的明日之星。如果说克里斯蒂的作品充满了英国风情，那么她就是欧洲大陆风格。我看过她的处女作《指向边境的路标——一二四四年》的法语版。当时西班牙正陷入严重的内乱，她的作品字里行间蕴含着某种超越了生活在地表之上的人类之间的丑陋战争的东西。尽管有凶杀情节，报纸的书评中依然引用了著名神学家托马斯·阿奎纳的话来赞美她的作品："她的小说是'美'的体现，'完整、和谐、明晰'，三位一体。"这句极佳的评价也令我印象深刻。

另一个日本人说："您写过发生在中世纪欧洲古城的杀人事件，对吧？"

"没想到两位日本朋友都知道，真是我的荣幸。"科尔特斯夫人的脸上出现了一抹红晕。

我目光炯炯地说："您的作品被翻译成了法语，我到现在都记忆犹新。我认为凶手——大家都知道凶手是谁，我就继续说了——是丹尼尔·雷恩确实令人意外，但故事的结构更有魅力。"

"你是指那个双层结构吗？"厄舍接话道。

"是的。分别以中世纪和现代欧洲为舞台，描写了两个完全不同的世界。幻想中的世界给人的感觉就像是在欣赏耶罗尼米斯·博斯的画作。主人公修道士W踏上前往位于世界边境的神秘古城之旅，那是世界的尽头，古城的那一边是彻底的未知。"

"这让人联想到卡夫卡的《城堡》。"法齐奥继续感慨道，"之后利用现实世界中的青年丹尼尔·雷恩，让两个不同的世界逐渐合成到一张画布上的过程真是太精彩了。"

厄舍有些得意扬扬地晃着头说："我也记得很清楚呢。因为这个主人公雷恩，和那个为伦敦大火后的重建做出巨大贡献的克里斯托弗·雷恩①是同一个姓氏。"

科尔特斯夫人满面笑容地说："真是光荣之至。正是在大家的强烈建议下，我才产生了让那部作品问世的想法。为了向自日本远道而来的客人表示敬意，我想在此说明一下，那部小说的结

---

①克里斯托弗·雷恩（Sir Christopher Wren, 1632—1723），英国皇家学会会长、天文学家和著名建筑师。

构实际上不是双层，而是三层。在这里我给你们一个提示，就是一二四四这个年份是重点。创作这部作品的前一年，在兰斯洛特先生的宅邸聚会时，我偶然发现原来大家有共同的背景，因此都对历史上的一个巨大谜团感兴趣。第三层结构就与那件事有关……"说罢，她露出意味深长的微笑，便不再解释更多了。

她用右手拂了拂头发，继续道："不过，要说职业作家，法齐奥先生正以阿尔多·马努求斯这个笔名活跃着呢。"

"不得了，您就是那位马努求斯老师啊。这里居然有两位当红作家，是有什么秘密吗？"

我们两个日本人都一脸激动，相互点了点头。

"算不算得上是秘密先放在一边，非要说的话，这或许是必然的结果。"厄舍像煞有介事地说，"科尔特斯夫人和法齐奥先生能够以职业作家的身份受到外界一致好评，对于这个俱乐部来说也是巨大的荣誉。当然，最重要的是二位拥有这方面的能力和天赋。实际上，大家在商量要不要把聚会定为固定活动的时候，就一致同意为了保证作品的高质量，要一起做一件事。"

我追问："是什么事呢？"

"那就是在每年举办一次的聚会上，轮流拿出自己写的推理小说，进行推理比赛。"法齐奥答道。

"推理比赛？"

法齐奥继续说："对。只有众人都没能猜到真凶是谁的作品才能公开发表。但内容必须尽可能合理，譬如真凶不能在最后突然登场。"

"也就是说，这二位……"

听到我的追问，艾兴巴赫把话接了过去："迄今为止已经举办了五次聚会。当初在船上相遇的时候我们就定好顺序了，在之前的聚会上,兰斯洛特先生、厄舍先生、科尔特斯夫人、法齐奥先生和已故的美国人英伯特先生都已经依次公开了自己的作品,其中只有这二位的作品没人猜出凶手。不是我自夸,情节要合理,又要骗过俱乐部的所有成员,没有相当的本事可是做不到的。因此,小说出版后的高人气不是偶然,而是必然,毕竟得到了自称推理小说迷的各位的认可。"

科尔特斯夫人的脸上泛着红晕,怀念地说:"对我而言,在厄舍先生位于坎特伯雷附近的宅邸举办的那次聚会是一切的开始。可以说,我的作品就是在那里诞生的。现在回想起来,那晚的事就像发生在昨天。"

厄舍谦恭地答道:"荣幸之至。"

这时,另一个日本人问:"想公开发表作品也没那么简单吧,具体是怎么出版的呢?"

"哦,我没介绍过吗?法齐奥先生可是欧洲大陆屈指可数的出版社的社长。"厄舍回答道。

"既然出版社是他的,其实只要他想,随时都可以出版自己的作品。但法齐奥先生是一个正直的人,希望在我们的聚会上进行堂堂正正的比试。"兰斯洛特的语气中带着钦佩。

之后,众人围坐在房间正中央的暖炉旁畅谈。过了一会儿,艾兴巴赫走到我们两个日本人面前。

"后来的星野先生和井伊先生也过去看看吧,在推理游戏过程中或许会用到。"

"看什么?"

别墅的主人得意地眨了眨眼睛,说:"图书室。"

穿过客厅的另一扇门，我们来到门厅深处，继续往前走似乎可以通到别墅另一边的走廊。途中我们经过了几个小房间，尽头有一个没有门的入口，进去就是图书室了。

难怪艾兴巴赫会那么得意，这间图书室的规模之大，完全可以称之为图书馆。巨大的圆形空间直通二层，贯穿两层楼的书架围成一圈，也起到了墙壁的作用。进入房间需要从一个厚约五十厘米的书架下方穿过，而且只有这里可以进出。仔细观察后会发现，每个书柜都是构成十六边形的一个边。

书架有五六米高，我们进来的入口位于一层，也就是说，二层全是书。这样的构造，在地震多发的日本是根本不可能实现的。当然，人手能触及的范围有限，为了方便拿取高处的书，房间一角放着结实漂亮的木制梯子。

构造上还有一处颇有意思。除了出入口以外，还有三处设计为一层部分没有书架，且这四处互相间隔九十度。除出入口外的另三处，一层部分是光秃秃的墙壁，有微弱的照明。光源似乎安装在书架下方。

抬起头可以看到天花板上吊着一盏小型枝形吊灯，屋内还有几处摆着台灯。作为主要照明的吊灯发出的光，以及照向三面墙壁、有些刺眼的光，共同营造出这个空间内的肃穆氛围。

房间中央整齐地摆放着读书台，用来阅读必须用胳膊抱着的大部头书籍，还有地球仪，以及气派的办公桌和几把看起来就很舒服的巴洛克风格的椅子。

"您是在好奇墙上的照明吗？可以试着站到正中间的读书台旁边，一看便知。"

我们遵照艾兴巴赫所说，走近读书台。

"请看地板。"

那个瞬间,我震惊了。地板上有个十字架,准确地说,是从走廊照进来的光和打在三面墙上的光束交错,在读书台的位置组成了十字架的形状。

看到我们露出佩服的表情,艾兴巴赫得意地走到房间一角,按下留声机的开关。下一秒,房间内响起了圣歌那庄严的旋律。

"是《格里高利圣咏》。感觉如何?中世纪的音乐能够解释宇宙的活动,也就是圣奥古斯丁说的'秩序会带来平安'。对我来说,这里就是和谐与平安的场所。圣奥古斯丁曾经这样写道:'物质世界和精神世界同样基于数学原理构筑而成'。对于中世纪的学者来说,算数是一门基础学科,根据数值进行调整的语言便是歌曲,存在于时间和空间的数学原理构建天体的和谐。也就是说,中世纪音乐理论非常宽泛。怎么样,各位,听完之后是不是觉得自己正身处宇宙的和谐之中?"

在这个充满知识的空间中听他说出这番话,甚至让人感觉艾兴巴赫已摇身一变,成了一位著名的哲学家。

我想起布拉格郊外修道院里那个有名的图书馆的故事。据说那里的书架一直延伸到天花板,书架上塞满了中世纪之后的古文献和书籍。眼前的图书室简直能与那里媲美啊。

我和星野不停地发出赞叹声。

"这里的藏书是自我曾祖父那代开始收集的。我祖上代代都是历史学家,所以不乏相当古老的文献,版本也不仅有德语版,还有拉丁语、希腊语、英语和意大利语等多种语言版本。

"不过东洋的文献比较少,只有拉丁语版的乔治·撒玛纳札[①]的《福尔摩沙历史与地理的描述》,以及荷兰东印度公司在巴达维

[①] 乔治·撒玛纳札(George Psalmanazar,1679—1763),自称为福尔摩沙原住民的法国人,在英国出版民族志《福尔摩沙历史与地理的描述》,几年后被揭穿是一本伪书。

亚与阿姆斯特丹之间往来的书信一类。"

艾兴巴赫走近摆满古书的书柜，继续道："这里摆放的是十五世纪威尼斯共和国兴盛时期的书籍。彼得罗·本博和波利齐亚诺……

"那边摆放的是一些音乐相关的手稿和文献。遗憾的是年代都比较近，古代的很难找到，古旧的抄本也很难保存。对了，现在各位听到的《格里高利圣咏》，据说发源于东方教会。虽然以教皇格里高利一世命名，但严格来说，教皇本人写下的与其说是音乐，不如说是对《圣经》的解说。史料中还有些更耐人寻味的记载，那就是世人所说的《格里高利圣咏》是传到法兰克王国才定型的。相较于查理大帝时代，罗马教皇厅主张不留下乐谱，因为他们不想把教会音乐的独占权交给法兰克人，而想自己掌控典礼音乐。"

"《卡诺莎之行》的前哨战吗？"

听到我的话，艾兴巴赫露出笑容，非常开心地搓着手。

"Wunderbar（了不起）。想不到日本的朋友会给出如此有历史洞察力的看法。"接着，他以更加平滑的语调说道，"正因如此，初期的圣咏抄本很少……不过，各位请看。"

说着，他打开书架下方的柜子。

"这是帕多瓦的马尔凯托的《有量音乐艺术的界限》，记录了十四世纪意大利式记谱法。对了，还有英国的。这是收集了十五世纪英吉利音乐的《伊拉斯谟斯塔和旧礼拜堂抄本》，以弥撒曲为主，大部分基于迪斯康特形式……啊，这些会不会有点儿太难懂了。"

艾兴巴赫注意到我们露出了困惑的表情，便没有继续这个话题。他转而介绍道："这座宅邸建造于我祖父那代，图书室也是当时就建好的。到了我这一代，别的都没动，唯独对图书室做了大幅改建。"

"具体都做了什么呢？"

"从父亲那里继承到这些藏品时我就觉得非常遗憾，怎么没有中世纪音乐相关的抄本呢？除此之外，我个人对中世纪的音乐有着极大的兴趣，便产生了把这间图书室整体改造成一个中世纪音乐空间的想法。"

"于是就放了一部留声机在这里，播放《格里高利圣咏》？"

"当然不光这么简单。十一世纪时有一个叫阿雷佐的圭多的修道士，著有音乐理论书籍，书中解释了音阶的数字比例。据说原本是毕达哥拉斯听到铁匠铺的打铁声，发现了这些比例。圭多发明了唱名法音阶，除了'si'和'do'当时用的是'ut'这个音，其他与现代我们使用的'do、re、mi'几乎没有区别。为了帮助人们记住所有音阶的高度，他还发明了'圭多手'。当然，当时还没有基音这个概念，所以只表示相对的音高。"

听到这里，我不禁发出疑问："您说的这些我勉强能明白，可是，这跟您改造图书室有什么关系呢？"

"因为这让我突然思考，在《格里高利圣咏》出现的时代，人们是在什么地方咏唱它的呢？而且不同的演唱者的基音应该是有差异的。自十九世纪起，就有人在做将初期圣咏重新整理成近代乐谱的工作。就拿隔壁法国的本笃会苏莱姆修道院举例，他们正在努力尝试复活正统的圣咏旋律。进入二十世纪后，教皇厅也认可了这样的举动。而且众所周知，柏辽兹的交响乐《幻想交响曲》使用了《格里高利圣咏》的旋律。我也一直在用自己的方法探究理想基音应该是多高，并且用这个概念设计了一个机关。"

听到"机关"这个词，我们两个人便开始四下张望，艾兴巴赫笑着说："二位别找了，从表面上是看不出来的，我指的是构造上的机关，请看这里。"

艾兴巴赫指向一处，书架上原本应该有架子的地方却被相同材质的木头盖住了。差不多三十厘米高，六十厘米宽，中央有一个直径五毫米的圆形凹陷。

就在我们纳闷的时候，只见他又一脸得意地指向旁边的一个有五个抽屉的橱柜，这个柜子看起来像是被镶在了旁边的书架里。

"《格里高利圣咏》还没有结束，接下来我会继续对书进行说明，机关就下次再讲吧。这个抽屉里装着什么，也等下次一起揭晓吧。还得说一说维也纳和柏林的区别呢……"艾兴巴赫嘴里嘟囔着不明所以的话，走向另一个书架。

"这块区域都是诺斯底主义相关的法语书，旁边是米涅的《拉丁文教父著作全集》。那本书是多明我会会士司布伦格和克拉马共著的《女巫之槌》，内容与恶魔学者有关，第一版于一四八六年在科隆写就，这边的是里昂版。还有博丹的《魔附妄想》初版。"

艾兴巴赫在目瞪口呆的我们面前继续讲解了十分钟左右。最初我还饶有兴趣地做着笔记，但内容实在是太多了，中途我便选择了放弃。之后他又对二十几本书进行了说明，我则完全听不懂。

似乎觉得炫耀够了，艾兴巴赫的介绍像回旋镖一样，转了一圈之后回到了主题。

"那么，这个架子是地图专区。从古至今的地图，应有尽有，以伦敦、巴黎、柏林等城市的地图为主。这本是伦敦城市发展史。在战争爆发之前，我一直在伦敦的大学里执教，这些都是那个时候收集的。稍后我会进行详细说明，如果二位也参加游戏的话，或许会用到这些文献。"

他清了清嗓子，说道："图书室的介绍就到此为止。你们或许会觉得书籍的摆放有些杂乱，但实际上是有一定规则的。我按照国家、主题、时代和语言对书籍进行了分类。房间中央的桌子上放着装有图书卡的箱子，可以借助图书卡查找自己需要的书籍所在的位置。我现在面对的方向是北，书架就是用方位来区分的。

"譬如那边的书架，所处方位是北到北偏西，因此书架的编号就是NNW。书架上层的图书每一层按照从左到右的顺序编有两位数的号码，而为了保护书籍，编号并没有直接标在书上。如果二位需要找什么书的话，就通过书架的位置和两位数编号寻找。您明白了吗？

"另外，我称这间图书室为'缮写室迷宫'。"

"缮写室？"

"对，也就是中世纪修道院的修道士们缮写书稿的房间。在印刷技术普及之前，人工抄写是重要的知识传播手段。当时还没有电灯，所以会选择日照光线比较好的房间作为缮写室，而我喜欢这个词的拉丁语发音。"

看到我们二人仍不明就里，艾兴巴赫露出了满意的笑容。

缓过神来，我们已回到客厅，大约过了十分钟，管家来通知晚餐准备好了。

"各位，请移步到餐厅。"艾兴巴赫说完，包括他在内的七个人便单手举着玻璃杯移动到了餐厅。

餐厅位于刚刚从客厅前往图书室的那条走廊的左侧。

"请就座。"

座位安排示意图

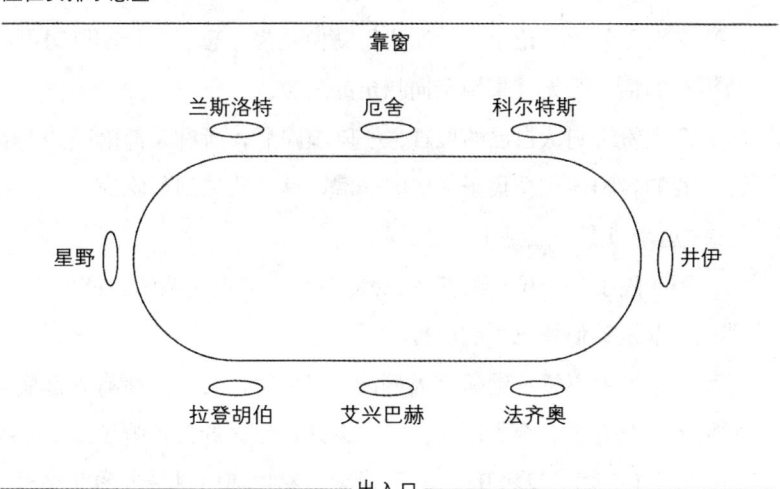

我看了看放在桌子上的名牌。一共留了八个位子，椭圆形大餐桌的长条部分每一边放了三把椅子，两端则各放了一把。

纯白的桌布上整齐地摆放着餐具。椅子是沉甸甸的橡木椅，体现出日耳曼风格的朴实刚健。

"橡木的椅子是为了配合自己的名字吗？啊，品位可不怎么样。"我听到兰斯洛特对厄舍用法语低声说了这么一句。

"那么，兰斯洛特先生先入座吧。"

艾兴巴赫招了招手。兰斯洛特就像是完全忘了自己刚刚对厄舍说过的话，若无其事地走向指定的座位。

众人纷纷确认自己的位置，一阵喧哗后，所有人都落座。

我的名牌被放在桌子弧形的一端，这让我感到很吃惊。

"这个位置一般是主人坐的吧？"

跟我隔了一个位子的艾兴巴赫解释道："没关系的，请坐吧，那里之前是英伯特先生的座位。"

管家不紧不慢地给每个人盛汤，是蔬菜浓汤。给所有人都盛好后他便离开了。众人刚谈笑了一会儿，玄关的门铃响了。

"不好意思，我离开一下。"说罢，座位离门口最近的艾兴巴赫便快步走出餐厅。

也就过了两三分钟，一个五十多岁的男性被艾兴巴赫拉着出现在众人面前。

"虽然比最早到的厄舍先生晚了六个小时，但这下总算全员到齐了。这位是拉登胡伯先生。"

被介绍的男人与别墅主人艾兴巴赫身型几乎一样。黑色的粗框眼镜和稍稍有些长的金发很显眼。

"各位，好久不见。"他用德国口音很重的英语说道。不知是不是因为跟这场大雪进行了一番苦战，他的脸上写满疲惫。

艾兴巴赫简单地介绍了一下突然加入的我们这两个日本人，拉登胡伯点头致意后便坐到了指定的座位上。

"我让管家来给你盛碗热汤吧。"

艾兴巴赫正打算叫管家来，只听拉登胡伯用虚弱的声音说道："非常抱歉，我在大雪里开了太久的车，后来因为雪太大，我不得不把车停在距离这里很远的地方，然后徒步过来的，现在有点儿头晕……"

"那就到房间里休息一会儿吧？我来带路。"

或许是出于身为主人的关心，艾兴巴赫也站起身，护送拖着疲惫步伐离开房间的拉登胡伯往外走。

"我先带你去二楼的房间吧，稍后管家会送行李上去。"

随后二人又说了些什么，听起来像德语，具体内容就不得而知了。

三四分钟之后，艾兴巴赫回到餐厅，依次看了看坐在餐桌旁的六个人，说："拉登胡伯先生从维也纳开车赶来，所以相当疲惫。而且，尽管他提前拿到了入境许可，在进入德国的时候还是稍微耽误了一些时间，毕竟奥地利现在处于被四个国家共同占领的状态。"

说到这里，他似乎突然想起了什么，摇响了呼叫铃。

过了一会儿，管家出现了。

"您叫我吗？"

"抱歉，海因茨，在你正忙着准备晚餐的时候叫你过来。拉登胡伯先生刚刚到了，不过他太累了，我就把他带去了房间，稍后你给他送杯热咖啡吧。"

"好的。"

晚餐的主菜是鱼。管家用德语介绍说这种鱼叫"Forelle"，我猜应该是鳟鱼。大概是受到战争的影响,这一餐难免有些简陋,像是为素食主义者准备的。

菜式没什么惊喜,大家默默吃完端上来的鱼和煮蔬菜。

甜品上桌,管家海因茨给每个人倒满收尾的咖啡离开后,艾兴巴赫环视众人,说:"感谢各位今天在如此恶劣的天气下依然不辞辛苦,前来参加这次聚会。就像七年前我们预测的那样,这个俱乐部的成员在战场上成了敌人,但我们发过誓,战争结束后,我们还会以朋友的身份进行俱乐部活动。如今,令人痛恨的战争终于结束了,除了不幸因疾病亡故的英伯特先生,其他人都应邀出席,身为此次聚会的主办人,我感到非常荣幸。只有厄舍先生在战争爆发前来过一次这栋别墅,其他人都是初次到访,我在此向诸位表示热烈的欢迎。"

艾兴巴赫刚说完,只见拉登胡伯悄悄回来,在座位上坐下。

"哦哦,已经休息好了吗?"

"感谢关心,睡了一觉之后就没事了。"

他休息了一个小时左右,脸色看起来好多了。

"真是不好意思,晚餐已经结束,现在是咖啡时间。"艾兴巴赫给拉登胡伯倒满咖啡,又说,"我让人把饭菜拿来吧。"

"不麻烦了,我还没什么食欲,就先不吃了。"

"好吧。既然所有人都到齐了,我想现在就开始例行的推理游戏吧。"说着,艾兴巴赫站起来。

餐厅的一角有一张圆形小桌,上面放着一沓棕色的信封。艾兴巴赫拿着信封回到自己的座位,咚的一声把信封放在桌子上,听声音分量不轻。

"信封里装着这次的谜题。从开始构思这个故事算起,已经过去九年了,战争开始的前两年我做了大量的调查和准备工作。

由于每份都用打字机打出来太麻烦了，所以有一部分是用复写纸印的复写件。复写纸的印刷效果不太好，有的字会不太清楚，但还不至于看不出来是什么字。我还多备了几份，所以星野先生和井伊先生也有。"

说完，他严肃地把厚厚的信封交到每个人手上。最后，艾兴巴赫来到我面前，煞有介事地将厚重的信封递给我，长舒了一口气之后回到自己的座位上，就像是完成了一项大工程似的，从左边的口袋里掏出手帕擦了擦脸。

我迅速看了一眼其他人。拉登胡伯用力撕开信封的边缘；另一个日本人举起信封对着灯光看，那样明明什么都看不到；兰斯洛特双手抱着信封，看着窗外——透过玻璃窗可以看到窗框上有积雪。

我再次移动视线，发现厄舍正在用信封敲自己的额头。

艾兴巴赫再次开口道："那么，"接着清了清嗓子，"问题部分已经交到各位手上了，保险起见，还是说明一下游戏规则。开始时间和截止时间还是沿用过去的规定，不过毕竟时隔七年，可能有的人已经忘了，再加上两位日本朋友是第一次参加。"

他看了一眼手表。"我的表显示现在是晚上十点，稍后请大家回到各自的房间，看完手上的问题篇后，推断出真凶的身份，整理好犯罪动机等，总结成说明报告。语种的问题我考虑过了，德语和法语对有些人来说不太友好，所以请使用英语。"

"截止时间是几点来着？"

大概是出于一丝不苟的性格，兰斯洛特立即追问道。

"明天正午。请大家十二点整到这里集合。待所有人都拿出自己的答案后，我会公布正确答案。"

艾兴巴赫摇晃着手上的黄色信封，说："若是有人的推理结果跟我的答案基本一致,这场游戏就是我输了。如果没人答对,那就是我赢了,届时这部作品就能通过法齐奥先生的出版社问世。我个人有绝对的自信,真心希望星野先生和井伊先生能够以特别嘉宾的身份参加。"

我们重重地点了点头。

"明天早上七点到十点我会为各位准备好早餐,不过只有面包和果汁,请大家在自己方便的时间自取。另外,考虑到有人可能需要查阅资料,图书室可以随意使用。但稍后我个人还有些东西要查,所以请需要用的人在两个小时后,也就是零点以后再进入。解答需要用到的文献和资料,图书室里应该都有。还有其他问题吗?"

厄舍提出稍后想去车里拿之前忘记的东西,艾兴巴赫表示可以从正门出入,但务必记得锁门。

法齐奥针对聚会结束后的离开方式提出了疑问,艾兴巴赫的答复是待雪停后,会找人把别墅门前到大马路这段路上的雪铲掉。考虑到推理游戏的时间安排,大家应该会在后天中午前后离开这栋别墅。

我抱着信封回到分配的房间,锁上门,随手把信封丢在桌子上,走到窗边。我稍稍拉起窗帘,想看看外面的情况。

窗外是一片银色的世界。雪还在下。

接着我回到床边,脱掉靴子,稍微松了松腰带,躺在床上伸展四肢。然后翻身伸手拿过信封,撕开。里面有厚厚的一沓打印纸,把信封塞得满满的。封面上是粗体字标题。

The English Shoe Mystery(英国鞋之谜)

翻开封面,我就这样进入了小说的世界。

英国鞋之谜
The English Shoe Mystery

目录

预感 Anticipation
通知 Notification
绑架 Abduction
发生 Generation
推论 Ratiocination
注解 Annotation
疑云重重 Mystification
给读者的挑战
第九年的偶然

预感 Anticipation

　　接下来我要给读者诸君讲述一个非常不可思议的故事，在此之前，必须先介绍一下这个故事的主人公——罗伯茨商行的老板彼得·罗伯茨先生。罗伯茨先生是美国人，七十年前，他的祖父迈克尔·罗伯茨怀揣梦想从英国南安普敦乘船到了美国，是个对未来充满希望的少年，不过他很穷。

　　祖父迈克尔选择纽约作为新生活开始的地方。他的第一份工作是在曼哈顿的某大饭店当信童，每天拿着书信奔走于纽约的大街小巷。如果这是一段出人头地的传奇故事，剧本就会是这样的：在做信童期间，迈克尔逐渐熟悉了纽约市区的街道，连犄角旮旯都一清二楚，并且在这个过程中，他天生的商业头脑也觉醒了。之后他从饭店前台晋升为大堂经理，得到老板的赏识后当上总经理，与老板的掌上明珠喜结连理，最后老板留下遗言，让他继承大饭店。

　　但遗憾的是，迈克尔只是大多数普通人中的一个。接连换了几份工作后，他辗转来到芝加哥，依然默默无闻。后来他又去了圣路易斯，最后在堪萨斯州黎巴嫩镇的一家英国餐厅当经理，过完了平凡的一生。

　　他的私生活也乏善可陈。与一名美国女性结婚，生下一双儿女。孩子们长大后结婚、生子，也就是他的孙子彼得出生了。彼得年幼时，父母就因意外离世，他是典型的由祖父带大的孩子。然而祖父也在某日于黎巴嫩镇的家中突发心脏病去世了，彼得自动继承了不算多的遗产。

后来彼得在祖父的故乡——帝国的首都伦敦做起了进口买卖，这或许也是某种缘分吧。

彼得与祖父的人生轨迹完全相反，他成了一流的企业家。第一次世界大战后，有几个白手起家并获得成功的例子，他就是其中之一。

他先是在战争中获得英国国籍，随后加入英国陆军，被派往法国凡尔登前线，在混乱的激战中成了德军的俘虏。彼得·罗伯茨发挥出自己的本事，逃出了德国东部的战俘营，之后往东边去了。因为母亲是俄罗斯裔，他利用语言优势顺利跨越东部战线，逃到了俄罗斯。逃亡的故事在这里就不赘述了，据说是一场充满危险的冒险之旅。

总之，战后彼得顺利复员，用祖父留下的遗产在伦敦东区开了一家小商行，主要做军用剩余物资的批发。之后的成功故事我也不打算在这里细说。当然，在拓展事业的过程中也经历了好几次危机，但每次他都能凭借自己出色的行动力克服困难。

经过近二十年的打拼，他的公司成为在英格兰有名有姓的进口商行，建起了宏伟的办公楼，拥有上百名员工。

在这里还必须介绍一下罗伯茨先生的样貌。他属于那种你只要见过一次就不会忘记的类型，因为他有一头像燃烧的火焰一样的红色头发。据说自他祖父迈克尔·罗伯茨那一代起，连续三代都继承了这个特征。

他对自己的红发也特别在意。聪明的读者或许已经发现了，罗伯茨先生的家世和经历，都跟著名小说歇洛克·福尔摩斯系列的《红发会》有很多相似之处。不单单是红发,还有同样是黎巴嫩出身(虽然不是宾夕法尼亚州,而是堪萨斯州)、祖父是英国人和本人最先在伦敦开始做生意这几点也很像。他的商行办公楼就在舰队街教皇院,这也与《红发会》形成了呼应。

或许是因为小时候经常被人嘲笑,罗伯茨先生内心其实很矛盾:一方面他因自己的红发感到自卑,另一方面又会对同样是红发的人产生亲近感。因此,他虽然不喜欢别人讨论自己的红发,但公司里近三分之一的员工又都是红发,如同再现了《红发会》中的情景。

然而,突如其来的不幸降临到了原本一帆风顺的罗伯茨先生身上。

他的妻子艾琳在婚后第二年生下了第一个孩子艾莉森,两年后二女儿琳达出生,四口之家过着幸福美满的生活。可就在罗伯茨先生在西班牙出差期间,悲剧突然降临。妻子艾琳在一场交通意外中不幸丧生。

自那之后罗伯茨先生彻底失去了活力,但为了弥补缺失的母爱,他比以前更疼爱女儿们了。

转眼间,大女儿艾莉森二十七岁了,她长得跟父亲很像,身材在女性中算高挑。她已经从雷丁大学神学专业毕业四年,一直在铁路公司工作。

艾莉森始终对父亲的事业不感兴趣,一有时间就不顾父亲的担忧,开车去兜风。不,说兜风可能不太贴切,实际上是在深夜的公路上开到时速六十迈[①]以上。从学生时代起她便交友广阔。她是个引人注目的美人,很多男人拜倒在她的石榴裙下。但艾莉

[①]约九十六千米。

森完全不把那些男人放在眼里，也正因如此，她总是散发出与其他女性截然不同的独特气质。她的这种行事风格在母亲去世之后也没有改变。

还好就像很多恋爱小说中写的那样，小女儿琳达与艾莉森的性格完全相反，而且她跟父亲很亲近。但也绝不能把她归类为阴阳中阴的那一边，她也有很多朋友，人缘也很好，只是她喜欢写诗，喜欢一个人去美术馆，有着文学少女文静的一面。高中毕业后她就进了父亲的公司，做一名文员。她的美与姐姐不同，是知性而清秀的美。

艾琳去世后，琳达在各方面成了父亲的慰藉。

就在最近，在对女儿们的道德教育方面非常保守的罗伯茨先生有了新的烦恼——艾莉森把正在交往的男朋友带到了家里。

我当时不在现场，不知道住在荷兰公园的这一家人进行了怎样的对话，但以艾莉森的个性，我猜测应该是这样的。

"爸爸，明天是星期日，你忙吗？"

"不忙啊，我打算待在家里。"

"我想介绍一个重要的朋友给你认识，可以吗？"

正伴着红茶和饼干，坐在茶几边享受午后读书时光的罗伯茨先生吃惊地看向艾莉森。

"艾莉森，你说的这个朋友是男的吗？"

心中快速闪过不安，之后有一种复杂的感情——或许该称之为嫉妒吧——涌上罗伯茨先生的心头。

"爸爸，我已经二十七岁了。"

"嗯，我知道。你们是什么关系呢？你可从来没往家带过男性朋友啊。"

"能不能别这么问。"说着,艾莉森转过身来看着父亲,说,"我要结婚。"

"结婚?跟谁?"

"当然是跟他了。"

"别开玩笑了。"

"玩笑?爸爸你才不要开玩笑呢。刚才我也说过了,我都二十七了。这是我自己决定的,请祝福我们吧,爸爸。"

"可是,话虽如此……"罗伯茨先生有些不知如何是好。

"反正他明天会来家里。我是认真的。"

说罢,艾莉森不顾狼狈的父亲,短裙的裙摆一甩,走出了房间。

星期日这天妹妹琳达有事外出,只有罗伯茨先生、艾莉森和女佣哈德森夫人三个人在家。

罗伯茨先生大概从一大早开始就坐立不安了吧,父亲就是这样的生物。男人心一慌,就不知道待在哪里好。

他跑到厨房,哈德森夫人却说:"老爷,我正在烤苹果,请不要进来。"

他敲响艾莉森的房门,艾莉森却说:"不许进来!我正在弄发型呢。"

他只好跑到起居室抽烟。他不知道自己抽了几根烟,也不知道抽的是哪个牌子的,只是手指不停地往返于烟灰缸和嘴之间。

艾莉森从位于一层(英式说法,也就是日本的二层)的房间下楼走到起居室,看到堆成小山的烟头,语气严厉地说:"爸爸!约翰不抽烟的,快收拾干净。"

"约翰?他叫约翰吗?"罗伯茨先生无视艾莉森的怒吼,一脸不安地询问,"他姓什么?"

艾莉森不知为何面露愁容，说了句"稍后会正式介绍的"，便走出了房间。

没过多久，艾莉森的恋人来了。到门口迎接的罗伯茨先生穿着时髦的苔绿色裤子和米色V领羊绒衫，故作爽朗地招呼着："你好，欢迎欢迎。"

来人是一个有着栗色头发、身材高挑的帅小伙儿，足足有六英尺①高。棕色的西装和印有佩斯利图案的领带很配。只是看起来不太可靠，不知道他在想些什么。

年轻人礼貌地打招呼道："初次见面，我正在与令爱交往，我叫约翰·克莱。今天务必请伯父同意我们，那个……同意让我们结婚。"

一口气说到这里，约翰凝视着罗伯茨先生的脸，表情像是在说，我已经把提前准备好的台词都说完了。罗伯茨先生睁大眼睛，张着嘴，看着约翰。

"你、你刚刚说什么？"

"啊？您说哪句？"

"你的姓氏。"

"哦，我姓克莱……"

这之后罗伯茨先生一句话都没说。

约翰·克莱没有得到罗伯茨先生的认可，并不是因为他本身的问题，这一点是他的可悲之处，也是艾莉森的不幸。但罗伯茨先生绝不允许二人继续交往下去，这也不是不能理解的事情，只能说是命运的捉弄。

---

①约一米八三。

罗伯茨先生到底不喜欢克莱的哪里？这里暂且按下不表。

遗憾的是，这件事导致父女关系恶化，艾莉森跟约翰·克莱私奔了。

关于罗伯茨先生，还有一件事必须说明，那就是他的兴趣。在兴趣爱好的多样性方面，英国人向来位于世界前列。所谓多样性，是指在外国人看来，英国人的兴趣实在是太广泛了。毕竟英国是一个倡导个人主义的国家，除了有马球和板球这些外国人无法理解的游戏以外，还有飞镖、纸牌、园艺、红酒收藏、卷烟、纹章学、各种各样的古董收藏……数不胜数。

罗伯茨先生受到祖父的影响，在兴趣爱好这方面更倾向于英国人。他喜欢玩具士兵。不要小看玩具士兵，这种兴趣在欧洲大陆虽然比较小众，但的确有不少狂热的收藏家。在德国还有玩具士兵的大型展览呢，展览的地点就位于拜罗伊特市附近的库尔姆巴赫县的普拉森城堡里。

罗伯茨先生在自家宽广土地的一角，专门给玩具士兵建了一栋房子。

打开这栋房子的大门，穿过走廊，就会来到一个大房间。占据正中间位置的巨大模型就是玩具士兵冲锋陷阵的战场。模型按比例还原了真实的战场，堡垒、城郭、田地、森林，应有尽有。

玻璃柜子中展示着无数锡制士兵，按照年代区分，从前往后依次是罗马时代的罗马士兵、日耳曼部落军、维京海盗、百年战争时期的英法军、玫瑰战争中的兰开斯特军和约克军、参加拿破仑战争的骑兵、步兵和大炮，以及投身南北战争的士兵。

所有士兵的大小都在一英寸[①]以内，每一个都上色精细，神态各异，让人忍俊不禁。这些士兵以数十或以数百为单位，布好阵排列在沙盘上。

这项兴趣爱好尤其讲究参照实际发生过的战争进行排兵布阵，安排士兵在沙盘上作战。现在模型上再现的是滑铁卢战役。正如史料中所记载的，这一战以法军进攻乌古蒙为开端，此时埃尔隆元帅率领的法第一军正在向威灵顿公爵率领的英军发起正面进攻。

在游戏中，每种枪支和大炮的威力、射程、命中率、杀伤力、移动能力等都有详细的设定，需要谨慎地投骰子来决定军队的行动。看来，罗伯茨先生是一个人同时饰演拿破仑和威灵顿，一人分饰两角，依照历史的记载忠实再现战场。这样的游戏到底有什么乐趣？对于无法理解的人来说简直难以想象。不过，因为他本人乐在其中，别人也不好说什么……艾琳去世后，他更加沉迷于这项爱好了。

以上这些看起来或许平平无奇，除了他与众不同的兴趣和那头火焰似的红发以外。不过，如果将目前为止的内容喻为序曲的话，那么接下来，正剧就要拉开帷幕了。

那么，就让我们一起来看看这个世间少有的稀奇故事吧。

[①]约二点四五厘米。

通知 Notification

"坎贝尔警长,我可以给你出道题吗?"保罗·罗宾逊露出孩子般的笑容。

"说吧,说吧,你不是经常给我出题吗。"坎贝尔一脸无奈地答应后,喝了一口杯子里的红茶。

"那我就说喽……"

罗宾逊摇晃着超出标准体重四英石(约二十五公斤)的身体,把两条腿的位置换了一下,继续跷着二郎腿。裤子被肉撑得紧绷绷的,要不了多久肯定会起间擦疹。

不知罗宾逊有没有看出坎贝尔正在观察自己,反正此时他看起来很开心。

"从利物浦车站去帕丁顿站,最快的交通方式是什么?"

听到这个问题,坎贝尔警长高声笑道:"哎呀哎呀,名侦探罗宾逊可要哭了。知道我是谁吗?我可不是来英国旅游的德国游客,我是苏格兰场凶杀组的警察哦。"

但是罗宾逊依旧面带笑容地说:"那答案是什么?"

"如果是在福尔摩斯那个年代,当然是马车了。现代的话,不是汽车就是地铁……这算什么问题啊?"

"那假设工会罢工,不光地铁,连地上铁路也全都停止运营了呢?"

"那就是汽车呗。"

"要是运气不好,老旧水管破裂,堵车堵得特别厉害,汽车根本动不了呢?"罗宾逊的声音听起来很沉闷。

警长瞥了一眼他,发现他下巴上的肉挤到了喉咙。

"莫非要骑马去?"

"那倒不至于。除了借助动物,还有一种交通手段。"

"你该不会想说氢气球吧?"

"哪里的话。"

警长这下愣住了。

"那你想说什么?是说还有我不知道的交通工具吗?"

"是的。其实地下还有一条铁路。"罗宾逊用手势制止欲言又止的警长,继续说道,"我所说的这个地铁可以照常运行,因为不需要司机,所以也不必担心罢工。"

"有意思,难道是手推车不成?"

"不,不,你认为我会考虑如此恐怖的可能性吗?手动操作的都可以排除在外。"

警长又看了看这位名侦探肥胖的身体,表示理解地点了点头。

"我投降。不知道。"

"地下七十英尺[①]深的地方有运营的铁路,时速三十五英里[②]。邮政专用。"

警长一时语塞。"真的吗?"

"真的,轨距两英尺[③],坡度为百分之五。修建工作曾在世界大战时一度停止,不过差不多十年前已经建成了。电力引擎,全

[①] 约二十一米。
[②] 约五十六千米。
[③] 约六十点九六厘米。

自动，各个邮局站点都有坡度，而且越来越高。也就是说，从理论上来说，这是最快抵达新西兰的方法。"

"啊？你这个人说话太跳跃了，经常把我搞糊涂。怎么突然提起新西兰了？"

"从我国的角度来看，新西兰就在地球的另一边。假设从这里挖洞。"说着，罗宾逊指着地板。

"这里？"

"假设而已，不是真的要挖。"

"这我当然知道。"

"挖通后跳下去就行了。一开始下落的速度会急速加快，等穿过地心，速度就会慢下来。"

"等到对面的时候速度就变成零了吗？"

"是的，如果不在接近地面的位置建造站点的话，还会往回掉，然后慢慢回到地心位置。这条地下铁路也是如此，载满邮件的货车在接近下一站时会开始一点一点爬上斜坡，通过该车站后又会慢慢下坡。通过这种方法，地铁在接近车站时就会自然减速。虽说是邮政专用，但平时送的可是半吨重的邮件，所以理论上来说完全可以载人。怎么样，下次要是有紧急搜查任务，你要不要利用职权试试……从利物浦车站出发，经由芒特普莱森特邮局，到帕丁顿站。很快的哦。"

警长满脸无奈。"是我输了。认识你快十年了，每次都是我输。"

"我的问题结束了。警长，今天你没有问题要问吗？"

警长堆起笑容，弹了弹翘起的达利式八字胡，说："你是想问有没有你喜欢的那种，让人兴奋的案子吧？"

"对，就是那种能满足求知欲，线索全都摆在面前，坐在壁炉旁的摇椅上就能解决的疑难案件。"

"要求真高啊。况且你就天天坐在这里张着嘴等，希望案件自己出现，哪儿有这种事！这和在尚未开发的海域寻找食人鲨有什么区别？你应该更加积极地跑现场，很有趣的。"

罗宾逊侦探夸张地耸了耸肩。"你又不是不知道，我讨厌运动。仔细寻找线索是你的工作，我只需分析和推理就够了。严格来说，我负责的可是最难的环节。"

"总像这样坐在壁炉前，你只会越来越胖，最后英年早逝。"

"其实我还是有在做运动的。往壁炉里添柴都是我自己在添，厕所也是亲自去的。"

警长很无奈。"好吧，知道你是安乐椅侦探啦。可我是福尔摩斯的粉丝，在我心里，会付诸行动的侦探才是完美的。"

"我们价值观不同而已。警长，你亲自去现场，收集线索，把线索告诉我，然后我进行推理，指出凶手，最后你抓住凶手，名声归你。近十年来我们不是合作得很愉快吗？"

"是、是，名侦探，我承认这是一段孽缘。"

"言归正传，到底有没有？全裸无头美女被杀案一类的。"罗宾逊迫不及待地询问道。

警长思考了一会儿，重新看向名侦探。

"实际上还真有一个让人摸不着头脑的案子……"

绑架 Abduction

"我从头说起,你别急。"说罢,警长从胸前的口袋里掏出笔记本,喝了一口没有放糖和牛奶的红茶,清了清嗓子,"事情发生在一周前,准确地说是日期刚刚变成十六号没多久的凌晨两点。当时下着暴雨,苏格兰场的凶杀组接到报案。"

"有人发现尸体了?"

"是的。"

"地点是?"

"在泰晤士河岸边。切尔西皇家医院附近。"

"然后呢?死的是什么人?"

"死者叫彼得·罗伯茨,英国国籍,不过原本是个美国人。他的祖父是英国人,他本人也在英国住了将近三十年,战争时期还入过伍……"警长详细地介绍了死者的信息。

"是他杀吗?"

"是的。"

"有趣在何处?"

"在泰晤士河里发现的,只有脖子以上的部分。"

"哦,就是报纸上登的那个企业家被杀案吗?"

"没错。既然你知道就好说了。"

"我是在十七号的早报上看到的。自从十一号夜里在广播上听了爱德华八世宣布退位的演讲后,我每天都会看报纸。可是报纸上没说头和身体是分离的。"

"当然要隐瞒下来了,要是纯粹出于猎奇写上去,我们会很麻烦。不过那些媒体早晚会嗅到味道,情况是很复杂的。关于死者,还有一件事很诡异,就在接到报案的两个小时前,有人目击到了死者,还是活着的。"

"两个小时前?在河边吗?"

警长深深地叹了口气。"如果是就好了,我也不必来找你了。有人在大理石拱门附近见过他。"

"那里距离尸体被发现的地方,我想想,差不多有一到一点五英里①吧?"

"这我也知道啊。目击者称,曾看到死者往兰开斯特大门的方向走去。"

"跟泰晤士河是大对角啊。也就是说,有两个小时的空白时间?"

"他家在荷兰公园附近,是同一方向。还有一件事,这件事报纸上也登了,不过所占版面很小,不知道你还记不记得。十五号深夜,斯隆大街上的一家珠宝店遭到抢劫。"

"记得。报纸上说几小时后,抢匪们很倒霉地——哦,不对,是警方很幸运地抓到了抢匪。这件事跟刚才的案子有关系吗?"

"关系可大了。不知道该说是幸运还是不幸,正值年末旺季,当天晚上店主在店里整理单据到深夜。两个贼以为没人,就从后窗钻了进去,被店主撞了个正着。尖锐的警铃声响起,两个贼什么都没拿就跑了。接下来就是逮捕行动,当时差不多是夜里十一

---

①约等于二点四千米。

点半,这个时间后面会提到,你记好。"

"好的,好的。"

警长从杂志架上抽出伦敦市区的地图,在面前展开。他在地图上比画着,说道:"俗话说得好,运气总是站在正义的一方,实际上我们的运气真的很好。两天前,西班牙共和派的大人物刚好秘密来到伦敦,在这里逗留。"

"是吗?!这我还是头一次听说。"

"报纸和广播都禁止报道,那个大人物到访的目的是希望我们大英帝国增加对共和派的援助。顺带提一句,他是佛朗哥最想暗杀的人,这次应该是偷偷出来的,不过我们得到情报,有好几个杀手已潜入英国。大人物现在就住在骑士桥附近的高级酒店里,周边布置了大量警力,有便衣也有穿制服的。所以珠宝店里的警铃一响,在附近巡逻的两名警察就从骑士桥那边追上了逃跑的抢匪,当时他们正朝着斯隆广场的方向逃跑。"

"没有开车。"

"对,抢匪为了甩开警察,在周边的小巷子里乱窜。最后,警察把人追丢了。"

罗宾逊噘着嘴说:"唔,他们在搞什么鬼啊?"

警长难得没有生气,说道:"当时苏格兰场的人也是这么想的。很快,我们撒下大网,在该地区内进行搜捕。刚刚我也说过,幸运的是那一带原本就因为其他原因部署了大量警力。"

"这我就不知道了,因为我当时在这里睡得很香。"

"哼,我就知道。警察的使命就是在市民不知道的情况下保护市民的安全,这下你多少该知道感恩了吧。"

"是、是、是。"

警长拿起铅笔,在地图上画了一个大大的椭圆。"因此,我

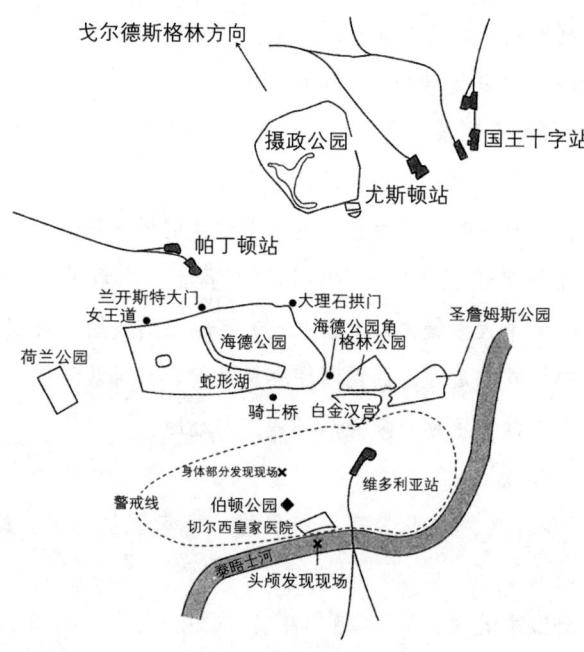

伦敦近郊地图

们迅速且较小范围地调整了一下部署,便完成了从白金汉官到贝尔格拉维亚的封锁。同时,以防万一,从布朗普顿地区到阿尔伯特桥和切尔西桥等向南的桥也都圈在了警戒范围内。"

"哦,我知道你想说什么了。"

"你的脑子还是那么快啊。凌晨两点半,我们抓到了藏身于男爵官附近灌木丛的两个贼,抓捕期间警戒一直没撤。"

"而罗伯茨的头是在凌晨两点被发现的……就在封锁区旁边。"

"是的,发现头的人正是抓捕队伍中的一名警察。"

"你想说,罗伯茨如果朝泰晤士河的方向去,必定会在某处遇到盘查。"

"没错。当时我们对所有行人和车辆都进行了查问,就算是有人把他的尸体运过去的,也同样会被查到。"

"除了离开封锁范围的人,进入的人也查了吗?"

"对,负责此次抓捕行动的队长自尊心很强,做事相当小心谨慎。或许是担心那两个贼会找同伴开车来接应,所以在这三个小时内,出入警戒范围都要接受查问,就跟戒严令时的状态差不多。"

"地铁……当时也停运了吧?"

"是的,事情发生在深夜。"

"有人曾在大理石拱门目击到罗伯茨,这则证言确认无误吗?"

"我们已经核实了。罗伯茨的好几个生意伙伴都看到他在雨中摇摇晃晃地走,当时他们还以为他喝醉了。"

罗宾逊瞥了一眼警长的表情,道:"看来还有其他情况。"

"是的。身体部分……"

"这么说,很快就发现了啊。"

"是啊,这一点也很令人吃惊,你猜是在哪里发现的?"

"肯定是在匪夷所思的地方吧?"

"被发现时,身体部分躺在斯隆广场站的长椅上。是车站工作人员在首班车马上就要出发时发现的。头的位置盖着报纸,所以工作人员一开始以为是醉汉躺在那里睡着了。"坎贝尔警长微微皱起眉头,"结果把报纸拿开一看,头的位置空空如也,把车站工作人员吓了个半死。"

"也就是只剩下身体的罗伯茨。"

"对,衣服还是被目击到时穿的那身藏蓝色西服套装,脚上穿着系带皮鞋。西装和鞋都是英国货,不知道是不是在伦敦庞德街的老字号做的。而且他全身都湿透了,虽然那里在地铁站内,但大部分设施都在户外,长椅周围又没有雨篷,当天雨下得那么大,湿漉漉的也不奇怪。"

名侦探似乎终于有了兴趣,他饶有兴致地转动着粗壮的脖子,说:"斯隆广场可是位于封锁区域的正中央啊。"

"是的。最符合逻辑的答案就是,罗伯茨长了翅膀,从海德公园起飞,到了斯隆广场站飞累了,想休息一下,结果被鸟袭击,头被扯了下来。鸟叼着战利品朝着位于泰晤士河南岸的巢飞,途中因为头太重没叼住,结果头就掉到泰晤士河里去了。"

名侦探搓着双手,开心地说:"这个推理不错。还有一种可能,罗伯茨原本是一名橄榄球选手,被砍掉头后生命力仍旧特别顽强,他抱着自己的头从海德公园一口气跑到那边,不顾警戒线,冲破警察的阻拦,如疾风般飞驰而过。这样也挺有意思的。"

"还行吧。"

"有没有可能是气球?"

"当时天气那么恶劣,不可能。"警长兴味索然地答道,接着好像突然想起什么似的问,"对了,名侦探,刚才提到的那个邮政专用的铁路经过那里吗?"

"用那个是不可能的。莎士比亚不是说过吗,不能无中生有。还是说说线索吧,警长。"

"死因是窒息,死者的脖子上有被细线勒过的痕迹。头是死后被砍下来的。推断死亡时间是头部被发现前一个小时内。"

"哦,最近死亡时间已经能推断得如此准确了啊。"名侦探的语气中略带嘲讽。

"我也想知道他们是怎么凭借经验把范围缩到这么小的。关于死因……"警长清了清嗓子,"幸运的是,切断面和勒痕错开了一些,能够进行详细的分析。是有人双手拿着绳子从背后接近罗伯茨,然后越过他的头,勒住他的脖子,一边把他往自己怀里拉一边用力交叉拉扯绳子,因而脖子左右留下的瘀痕有微妙的不同。"

"什么不同?"

"右下至左上的痕迹更明显。"

罗宾逊轻轻点了点头。"嗯,勒的时候两边的力道不同……"

"是的。还有,死者的胃里有大量的水。"

名侦探噘着嘴说:"还有呢?"

"死者随身携带的钱包、身份证明、笔记本以及其他东西都完好无损。在右边鞋里发现一张纸片,夹在脚踝位置,上面的内容是打字机打出来的,已经知道写的是什么了。"

"写的什么?"

"写了个人名,安德鲁·利恩(Andrew Lien)。拼写为LIEN,有可能发'林'的音,也有可能是表示谎言的'lie'一词古语的过去完成时,那样的话发音就是'莱安'了吧?"

"利恩?这名字挺少见的,查到什么了吗?"

警长夸张地摇了摇头。"一无所获。罗伯茨的亲属和公司相关人员里都没有这号人物。还有一件事。罗伯茨从十四号开始出差,住在布鲁塞尔。那天下午他跟客户见了面,之后本来约好一起吃晚饭,结果他却没出现,旅馆那边也没有办理退房。"

警长继续说:"发现身体部分后我们就按照笔记本上记录的电话,给他位于荷兰公园的家里打了过去。是一个叫哈德森的女佣接的电话,她在电话中说罗伯茨两天前去比利时出差了。通知亲属这种事一向都是苦差事啊。当时他女儿在家,我们告诉她发现了罗伯茨的尸体后,电话那边先是没了动静,接着就传来了哭声,还问是不是搞错了。葬礼我去了,哈德森夫人在棺木前哭得死去活来,从苏格兰赶来的大女儿却坚强得令人意外,小女儿一直强忍着泪水。姐妹俩都这么坚强,应该能挺过去。这也算是一丝安慰吧。"

"嗯,父亲死了,女儿们却没哭……"名侦探微微歪着头。

"你一点儿都不觉得人家可怜啊。"

"要是我现在撕心裂肺地大哭一场罗伯茨就能复活,我大概会日夜悲叹吧。只不过我认为,查明这件事的真相才是我们应该为罗伯茨做的事。"

"那倒是。"

"假设他是在比利时下落不明的,接着是布鲁塞尔、奥斯坦德、多佛尔……"

"罗伯茨应该就是按照你推理的路线回来的,是不是出于他自己的意愿就另当别论了。"

"有意思,好久没这么热血沸腾了。能把他的行踪和嫌疑人名单说得详细一点儿吗?"

"你真的一点儿都不关心一下别人啊,为了查这些我可是跑了一整个礼拜,从比利时查到英格兰。你就这么直接把别人的劳动成果拿走了?"

"是的。"名侦探一脸不在乎。

警长无奈地咂咂嘴,说:"真拿你没办法,这就告诉你,你要认真听啊。"

发生 Generation

"罗伯茨离开布鲁塞尔市内的旅馆是在十四号的傍晚。他说要去散步,把钥匙放在前台就出门了。"

"是一家怎样的旅馆?"

"规模不大,但手续正规,员工也都是正经人。位于市内,就在王官附近。"

"之后他去了哪里?"

"就此行踪不明,真的很突然。"

"他的行李呢?"

"放在旅馆没有拿走。刚才也说过了,他连晚餐都没去赴约。"

"简直像被绑架了一样。"

"就是说啊。"说完,警长换了一副面孔,有些不怀好意地问,"这位看官,你猜他接下来又在哪里出现了?"

"哦?让我猜猜,是多佛尔对不对?"

坎贝尔警长愉快地笑了。"名侦探罗宾逊也会说出这么没意思的答案啊。"

罗宾逊噘起嘴,本就胖胖的脸变得像鼓起的气球一样。

"听到答案你肯定会大吃一惊。"

"快告诉我吧。"

英国 & 比利时地图

"听好了，第二天晚上七点左右，也就是罗伯茨失踪约二十四小时后，居然有人在克鲁站看到了他。"

"哦……克鲁是位于英格兰西北的那个地方吗？"

"对。看你这肥大的身躯，应该不怎么出去旅游吧？"

"你说得很对，我没去过克鲁。"

"克鲁是随着铁路发展起来的小镇。那里是连接苏格兰、北威尔士和英格兰的交通枢纽。克鲁原本是个荒村，后来建造了大型调车场，就成了一九二三年更名改姓前的LNWR（伦敦西北铁路，全称为London and North Western Railway）及合并之后的LMSR（伦敦、米德兰和苏格兰铁路，全称为London, Midland and Scottish Railway）的重要中转站。是不是很吃惊？跟多佛尔中间隔着一个伦敦，而且是完全相反的方向。"

"能确定是他本人吗？"

"车站内的好几个站务员都看到了。穿着打扮一模一样，当然还有那头红发。给他们看照片的时候，每个人都很肯定地点头。他的红发那么显眼，想认错都难。"

"保险起见，我再确认一下。有没有可能是别人假扮的？红色的假发也不是没有。"

"你这个人疑心也很重啊。要是他能当着站务员的面举着身份证跳一曲华尔兹，肯定会给人留下更深刻的印象吧。只是如果他真的那么做了，就又有可能是为了故意制造不在场证明以混淆视听。"

名侦探皱了皱眉，说："还有什么信息吗？"

"他的行踪就到这里为止了，不过我们在他的遗物中发现了他亲笔写的笔记，算是决定性的证据。"

"之前你说，在鞋里发现了纸片。"

"是的。不过这份笔记放在西服内袋里，就是他在斯隆广场站被目击时穿着的那身。"

"查到什么了？"

"笔记上的墨水笔迹大部分被雨水冲掉了，很难辨认内容。但死者在书写时很用力，所以就跟鞋子里的纸片一样，最终我们还是成功解读出了内容。"

"真不愧是苏格兰场。"

"那还用说。结果显示那是一份工作笔记，内容包括要前往位于卡莱尔的希金斯公司和需要采购的产品。"

"卡莱尔，很靠北啊。比湖区（位于英格兰西北部）还要往北。"

"看到内容时真是吓到我了。我们又调查了笔记的纸张，发现上面居然有克鲁站附近一家文具店的标识。"

"哦！"

"店员提供了证词，说在他于克鲁站被目击的约一个小时前，死者本人来到店里买了这种便笺。"

"多亏了那一头红发。"

"红发只是他被记住的一个原因，因为店员当时和他面对面说过话。看到罗伯茨的照片后，店员的原话是：'如果买便笺的不是这个人，那就是他的双胞胎兄弟，或者是跟他长得极像的人，并且穿着同一身衣服。'"

"话说到这个份儿上，也只能假设那就是本人了……"

"我明白这很难接受，我也搞不懂，一个把所有事情丢在一边、在比利时失踪了的人，为什么会跑到克鲁去买东西。只不过，先不说长相，连穿着打扮都一模一样的话……"警长边思考边说，"罗伯茨从那里再次消失之后，下一个出现的地点就是深夜的伦敦。"

"从克鲁到伦敦坐火车需要多长时间？"

"两地相隔一百六十英里①，差不多要三个多小时……稍等，我这里有列车时刻表。"说着，警长打开包，"哦，找到了。把一整本时刻表都带着太重，所以我只把有用的抄下来了。从阿伯丁、格拉斯哥和爱丁堡都有车过去，全都在卡莱尔会合，再经由克鲁抵达伦敦。那天有一辆快车，晚上七点多从克鲁站发车，十点四十分到达伦敦。我把这辆车经停的主要车站都写下来了。"

阿伯丁 发车时间：9：30
格拉斯哥 发车时间：13：30
爱丁堡 发车时间：13：30
卡莱尔 发车时间：15：56
克鲁 发车时间：19：12
纳尼顿 发车时间：20：40
拉格比 发车时间：21：10
伦敦 抵达时间：22：40

罗宾逊分析道："罗伯茨应该是在前往希金斯公司的途中突然改变心意，没有去卡莱尔，而是搭上了从克鲁开往伦敦的快车。"

"应该是这样。他离开布鲁塞尔，连夜穿过海峡，在第二天清晨抵达伦敦。当天上午十点，皇家苏格兰号从伦敦出发，乘上这趟车就会在十二点五十五分抵达克鲁。只是他为什么会在克鲁

---

① 约等于二百五十七点五千米。

下车，以及去文具店之前他都做了些什么，这些就不得而知了。从克鲁到伦敦的路上也没有目击者，乘务员都说没有印象。"

"会不会他根本就没坐火车，是开车过去的？"

"也有这个可能。实际上还有其他信息。"

"还有？"

"都是苏格兰场分析组的功劳。我刚刚不是说了吗，在死者的胃里发现了大量的水。"

"死因是溺水吗？"

"不，他是被勒死的，尸检报告上写着呢。不过水量实在是太大了，他肯定曾在什么地方差点儿被淹死。而且通过检测，发现水的成分很特别。"

"有什么反常的地方吗？"

"在得知成分后，我们彻底没招儿了。要是跟泰晤士河或者蛇形湖（位于海德公园内）的水质一样就好了。"

"结果是哪里的水？"

"你肯定会很吃惊，是湖区的湖水。"

"什么意思？是说罗伯茨在湖区里溺过水吗？"

"是的。从水中检测出的浮游生物和水草，只存在于那里的湖水中。"

"这样的话，他的行动轨迹就是：比利时的布鲁塞尔，英国的克鲁、伦敦，然后去湖区喝水，再回到伦敦的泰晤士河。一个在比利时被绑架的人还真是精力充沛啊。"

"没错。从伦敦到湖区，往返就按两个小时来计算。而从伦敦到克鲁，即便搭乘快车也需要三个小时的时间，从克鲁到湖区也需要三个小时。"

"不是漏掉了什么就是哪里判断错误，又或者……"

"又或者？"警长就像是要找出名侦探的喉咙般用力地伸长脖子。

"是把灵魂出卖给梅菲斯特的浮士德①干的。"名侦探平静地说道。

---

①梅菲斯特和浮士德均为德国作家约翰·沃尔夫冈·冯·歌德创作的诗剧《浮士德》中的人物。

推论 Ratiocination

"嫌疑人有眉目吗？死者的亲戚之类的……"

"除了死者这一家人，其他亲戚都在美国。死者的母亲是俄罗斯裔，好像有个表兄弟在斯摩棱斯克市。他有两个女儿，现在跟小女儿和女佣三个人一起生活。大女儿和人私奔了，住在格拉斯哥。"

"从方向上来看在卡莱尔北面。她有不在场证明吗？"

"再怎么说都是亲生女儿，就算断绝了关系应该也不会做出那么冷酷的事，不过我还是查了。大女儿夫妻俩都有工作，也都有确凿的不在场证明。当晚二人参加派对去了。只是若考虑到种种时间因素，并且假设杀人第一现场是在英国湖区的话，他们还是有嫌疑的。但还有一点，要想把尸体运回伦敦就必须利用飞机，否则根本不可能。"

"以你的做事风格，应该已经排除利用飞机的可能性了吧。"

"你能这么说我感到很欣慰。航空公司和机场都调查过了，他们没有搭乘过飞机。"

"火车查过了吗？"

"我研究过时刻表，可再怎么努力都不可能往返伦敦。"

"真是可惜，正因如此你才总是不能独自解决案件。"

"不要这么严厉嘛。我看漏什么了？"

"罗伯茨在伦敦出现之前的那几个小时。我认为你应该再仔细调查一下这段时间从克鲁开往卡莱尔方向的火车。"

"可是那段时间死者正前往伦敦方向啊。"

"先别管那么多,去调查吧,我不会让你白跑的,肯定发生过意料之外的小事件。"

"你是说铁路事故吗?说起来,很久以前那附近好像发生过一起事故。"

"是一八七五年吗?"

"亏你能记得具体年份,了不起。"

"在那起事故中身亡的女性名叫斯通纳。"

"喂,喂,喂。"

"她的女儿名叫海伦。"

"你是怎么知道的?你又没经历过。"

"只能说这是常识。但这次发生的应该不是死亡事故,我认为是更小的事件。"

"明白了。"警长耸了耸肩。

"有其他怀疑对象吗?"

"一般来说,成功的企业家要么做事过火,要么贪得无厌,在生意场上经常会招人怨恨,但死者似乎是个特例。"警长翻着笔记,继续道,"不过通过优秀的苏格兰场的调查,我们还是发现了可疑人物。公司经理克利林,爱尔兰人,就在案发前不久,他似乎与罗伯茨发生过冲突。"

"起因是什么?"

"罗伯茨原本有意让克利林当自己的接班人,克利林本人也有此意,但他沉迷赌博,还输了不少。为了筹钱,他把公司的土地和一部分不动产拿去抵押贷款,东窗事发后被开除了。这也是常有的事。"

"他有不在场证明吗?"

"该说有还是没有呢……"

"那到底是有还是没有呢?"

"要视情况而定。如果罗伯茨是在伦敦被杀的,克利林的不在场证明就是不完美的。他住在爱尔兰人聚集的戈尔德斯格林(伦敦北部),案发当天,晚上十点前他都在家附近的酒吧。有人看到他坐在吧台最角落的位置,小口小口地喝健力士黑啤。但那之后他就没有不在场证明了,而且他是一个人住。"

"嗯。还有其他嫌疑人吗?"

"我们把罗伯茨身边的人一个不落地都查了,在这里告诉你过程也没什么意义,我就直接说结果吧,还有一个人。"

"是谁?"

"警方调查得知,罗伯茨很喜欢玩具士兵游戏。这个人就是常和他一起玩游戏的朋友,叫班森,是一名历史老师。"

"为什么怀疑他?"

"他家住在女王道附近,经常跟罗伯茨一起玩游戏。刚好在罗伯茨出差的一周前,他们一起玩的时候大吵了一架。罗伯茨家的女佣哈德森夫人亲眼看到的。"

"他们为什么吵架呢?"

"吵架发生时,沙盘上摆的是滑铁卢战役,已经摆了一个月了。"

"回到了一八一五年吗?"

"对。战况停在法军攻打完乌古蒙,正准备进攻中部时。二人并排站在沙盘上的威灵顿公爵旁边,接着就说对方'这样不对,那样不对',争论了起来。"

"滑铁卢战役的结果我是知道的，但战争经过不太清楚。"

听到这句话，警长的脸上笑开了花，说："哦哦，还有名侦探不知道的事啊。那我就简单给你讲讲吧。"

说罢，警长拿出纸，简略地画出战斗部署图。"那一战持续了很多天。法军先攻打了乌古蒙，这就是前哨战。然后法军数次对英军发起进攻，由威灵顿公爵率领的英军驻扎在高地。虽然法军一开始占上风，但后来联军方面的布吕歇尔率普军赶来驰援，彻底扭转了战局，威灵顿就这样赢得了胜利。明白了吗？"

"非常简洁明了。"罗宾逊冷冷地说。

"两个人好像是从按照历史记载移动棋子开始吵架的。哈德森夫人端着红茶进入游戏室的时候，负责英军右翼的罗伯茨和负责左翼的班森正按部就班地移动棋子，但没过一会儿，两人就因为如何运用庞森比的龙骑兵团产生了分歧。"

"请等一下，他们不是根据历史上真实发生过的战役在玩游戏吗，为什么还会吵架？"

"话是这么说，但似乎可以自由使用战术，那样赢了的话就相当于胜过了历史上的将军。"

"我不太理解。"

"这么说吧，布吕歇尔军会像当时一样登场，法军也会基本按照史实采取行动。他们两个会先站在拿破仑那边思考攻破英军的作战方案，之后再站在英军的角度思考如何应对。"

"在我看来这就是在浪费时间。总之他们吵架了对吧……"

"嗯，罗伯茨认为应该按照史料上记载的，投入机动力强的庞森比麾下的龙骑兵。班森则认为，这样做军队会被歼灭，应该先保存实力，在布吕歇尔军抵达前采取拖延战术。双方意见出现了分歧。"

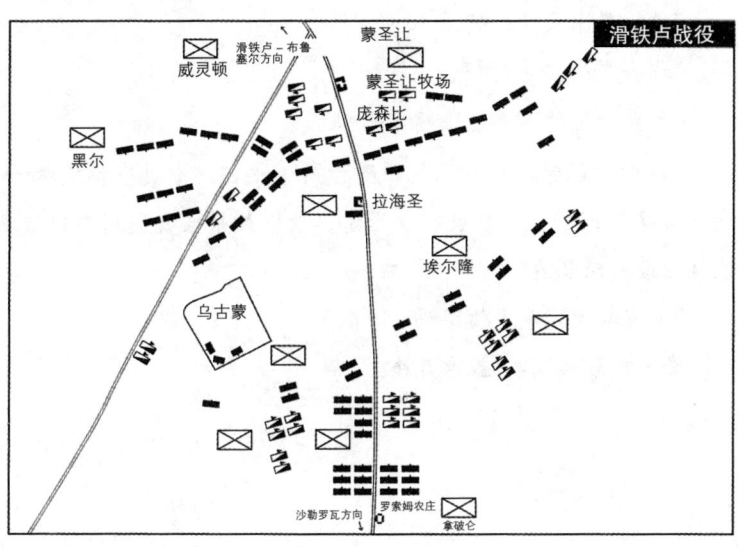

"我觉得听谁的都无所谓。"

"对他们来说可不是。两个人当着哈德森夫人的面，越吵越凶，最后几乎是扭打在一起。

"班森用美国职业棒球大联盟选手看了都会自愧不如的控球能力朝着罗伯茨扔玩具士兵，最后留下一句'我再也不想见到你了，下地狱去吧'，便扬长而去。"

"这就是杀人动机啊。"

"你会很难接受吗？"

"不会。他的不在场证明呢？"

"他本人说当时在家。他跟妻子两个人住，不过当晚他妻子回林肯市娘家了。他家就在女王道，所以如果案发现场在伦敦，他就是最有嫌疑的。"

"没有其他可疑人物了吗？"

警长抱歉地说："就这几个。"

*

名侦探活动着脖子问："可以问一个问题吗？"

"请讲。"

"关于那个克利林，你说他当时在吧台的角落喝酒。"

"对。"

"是右边的角落还是左边的角落？"

"为什么要知道这个？"

"不要问那么多，请调查一下就是了。还有班森。"

"他又怎么了？"

"他们两个指挥英军的时候，最后到底是怎么运用龙骑兵的?"

"什么?"

"看了你画的配置图,我突然对某件事产生了兴趣。你要若无其事地问一下他哦。"

"知道啦。"坎贝尔警长赌气地点了点头,"还有吗?"

"嫌疑人真的就只有这几个人吗?"

"对啊。"

"那就这样吧。请调查一下我提到的这几个问题。"

名侦探罗宾逊张大嘴巴,把两块饼干一起丢了进去。

注解 Annotation

第二天,警长再次来到名侦探罗宾逊面前。

"如何?有什么进展吗?"

罗宾逊请警长坐下,但警长连坐下都觉得是浪费时间,兴奋地立刻回答:"有,有。"

"查到什么了?"

"开往苏格兰因弗内斯方向的夜车,十五号晚上七点二十分从伦敦出发,十点十六分前后抵达克鲁,停留十五分钟后再次出发。深夜零点三十分左右,这趟车……"

"怎么了?"

"会经过湖区,去往下一站,卡莱尔。"

名侦探露出得意的笑容,说道:"在这段路上是不是发生了什么小事儿?"

"是的,在距离将要通过的彭里斯站还有几英里的时候,火车突然紧急制动,好像是有乘客拉了紧急制动阀。虽然造成了一时的混乱,不过应该是有人恶作剧,所以几分钟后列车就再次出发了。铁路局到现在都没搞清楚到底是怎么回事。"

名侦探似乎很满意这个答案。

"可是你是怎么知道的?你一直都只是坐在这里啊……"

"先别急。"名侦探没有回答,继续发问,"吧台的事有结果了吗？"

"据说克利林每次都坐在最左边，而且紧挨着墙壁。为什么要问这个？"

"推理就是需要问这种问题。龙骑兵的事呢？"

"问了。班森高谈阔论了好久，我都记下来了。我要开始念笔记了哦。'我们两个一直在同一方，在以英军为中心的联军和法军之间来回转换。游戏刚开始的时候我们就说好，法军基本上按照史实行动，英军这边则是验证有没有更好的战术，因此，玩英军的时候有很高的自由度。玩英军时我负责左翼，负责右翼的罗伯茨照着史书中写的，顽强抵抗攻打乌古蒙的法军。之后法军开始进攻中部，一直等待着这一刻的英军这才开始攻击。'到这里都没什么问题吧？"

"没问题。"

"那我继续读了。'之后就到了决定何时投入庞森比的龙骑兵的时候，正在重新排列乌古蒙士兵的罗伯茨嘟囔了一句："好，就跟当时一样投入庞森比吧。"说着他突然就要拿走庞森比部队的玩具士兵。我很吃惊，因为根据史料中的记载，这支部队会全军覆没。一直盯着布吕歇尔军可能会出现的战场的我慌忙阻止道："不对，那样不行。"同时抓住了他的手。'"

"嗯，嗯。"

"'由于我太着急了，失去了平衡，另一只手不小心按到了沙盘上。之后我们就吵了起来。'还想继续听下去吗？"

名侦探面带笑容地说："已经足够了。"

"班森之后又说了大概十分钟，说自己是清白的，还滔滔不绝地讲了一堆部队运用在战术上的意义，所以我觉得他应该不是在说谎。听了刚刚那些，你弄清楚什么了吗？"

"嗯，清楚了。"名侦探抱着胳膊、晃着脑袋。

警长观察着罗宾逊的表情，小心翼翼地问："你让我查的我都查了，还满意吗？"

喝着今天的第六杯放了大量牛奶和砂糖的红茶，名侦探答道："非常满意。"

"有眉目了？"

"嗯，只要刚刚你说的信息中不掺杂谎言，我就已经掌握整件事情的全貌了……"

疑云重重 Mystification

警长的表情瞬间变得开朗起来。"你的意思是说,你已经知道谁是凶手了?"

"嗯,就是这个意思。"

"罗伯茨的飞天之谜也解开了?"

"当然。"

"太厉害了,快告诉我吧。"

罗宾逊一脸无奈,说:"你这个人就是这个样子,总这么偷懒是永远都不会有长进的。"

"别这么说嘛,好歹给我个提示吧。"

"提示啊……警长你不是伦敦人吧?"

"我是德文郡的。"

"那么,第一个提示,仔细看伦敦地图,直到把它看出个洞为止。"

警长生气地说:"喂喂,我干这行已经二十年了,是苏格兰场的警长,你居然让我看伦敦地图?"

"没办法呀,你不是想要提示吗?要想解开罗伯茨飞天之谜,就只能仔细看伦敦地图,学习城市发展史。"

警长气鼓鼓地答道:"知道啦。再给我点儿别的提示。"

"警长你是单身吧?"

"我可不是什么独身主义者，只是因为工作太忙了，而且也没有遇到适合我的女性。仅此而已。"

"我记得之前听你提过，那个人叫什么来着？你喜欢的那个德国的美女明星。"

"你别总记着这些奇怪的东西。对，我喜欢玛琳·黛德丽。"

"你想跟她结婚吗？"

"这不是结不结婚的问题。她是完美无瑕的，是美的极致，只要能跟她吃顿饭我就很幸福了。如果能实现，我愿意把灵魂出卖给恶魔。"

"真可怕，这可不像基督徒说出来的话。不过我们先不谈这个，总而言之，你梦想能跟她共进晚餐，对吗？地点定在哪里比较好呢？眺望着威尼斯的晚霞，在达涅利酒店顶层的餐厅一起吃饭如何？"

警长看向远方，仿佛已身处梦境。"用从亚得里亚海里刚刚捕捞上来的新鲜海鲜制作的沙拉。意大利面上浇着放了小虾仁的番茄酱。酒就选意大利产的顶级白葡萄酒吧。"

"说到这里就可以了。在主菜上来之前，给你第二个提示。这个例子用在黛德丽女士身上非常不礼貌，不过我还是要问，你想象过她坐在马桶上的样子吗？"

"你居然问这种问题，太失礼了，我怎么可能想过啊。而且最主要的是，她根本不会去那种地方。"警长怒不可遏地说道。

"你还真是个浪漫主义者，我多少能明白你为什么还是单身了……哎呀，不要瞪着我好吗？"名侦探逃避着警长锐利的视线，继续说道，"如果她不去厕所的话，那在跟你约会的时候她吃的就是彩霞和白云了。这就是第二个提示。接下来是第三个提示。"

"我不允许你再侮辱她了。"

"放心吧,第三个提示是你擅长的歇洛克·福尔摩斯。"

"那就好。"

"还记得海蒂·杜兰小姐吗?"

"当然。"警长吸吸鼻子,"是《贵族单身汉案》里的人物,她的婚纱在蛇形湖被发现。"

"没错,真了不起。那么,第三个提示就是,蛇形湖里的鱼一共有多少种。"

"这谁知道啊,这算什么提示啊?!"

"别急,别急。还有第四个提示,也许这跟你所处的世界没什么关系……啊!啊!"

名侦探突然变得一脸呆滞,紧接着他打了个大喷嚏。

警长不失时机地说了句:"God Bless You.(上帝保佑。)"

"谢谢。第四个提示就是Flit on。"

"啊?Flit是指轻快地飞舞吧?后面跟的不是'around'而是'on'的话,意思是蝴蝶飞来停在什么上面吗?"

"Cheering Angel.(活泼的天使。)"

"什么?停在天使身上吗?"

"Flit on cheering angel.弗洛伦斯·南丁格尔。"

"克里米亚战争的白衣天使吗?那跟我的世界还真没什么关系,可为什么是'活泼的'?"

"因为必须那样才行。"

警长挠挠头,说:"我的头真的要裂开了,完全想不明白。"

名侦探罗宾逊淡定地喝光了第六杯红茶。

"以上就是全部提示。警长,请说出你的推理。"

给读者的挑战

到这里，问题篇就结束了。我已经尽可能地将解谜需要用到的线索和信息都列举出来了。

请问杀害罗伯茨的凶手是谁，动机是什么？

衷心祝愿大家都能找出正确答案，健康快乐。

你亲爱的

A. 艾兴巴赫（A.Eichenbach）

中场休息 ————

星野的《手记一》和《英国鞋之谜》结束了。

我陷入沉思。

之前提到的案件还没有发生，又冒出一个新的挑战，要解开作中作《英国鞋之谜》。而且星野的《手记一》中也有几处让我很疑惑。到现阶段为止，我看到的都是一些零星的残片，如果将这些残片铺点成面的话，看上去会跟中世纪时席卷欧洲的黑死病一样吧。

我决定了。先从能解答的开始吧。

以现阶段掌握的线索，能解开的谜题，没错，就是井伊的身份。

我能想到的就是那个自称星野的人并不是星野，而是其他的什么人。

同时星野自称井伊。

手记二

「

　想必聪明的您已经猜到了。

　目前为止，手记中没有一丝谎言，但一直在用或许会让人误解的叙述手法。

　既然您已经看到了这里，那只要稍微动一下脑子就会明白了。而且这个谜题是我给出的所有谜题中最简单的，现在揭晓也几乎不会有什么影响。最主要的是，揭晓之后我就无须继续小心翼翼地选择措辞了。

　这个谜题发生在我来到别墅，遇到另一个日本人的时候。

　就在我刚想自报家门的时候，他竟然先一步报出了我的名字。的确，当时在欧洲，我算是比较有名的日本人。他的这一行为导致我没法报出自己的本名，但相信连上帝都想象不到，才冒用了别人的名字，本人紧接着就出现了吧。

　我迫不得已，报上了母亲的旧姓。之前我说过父母都是近江人，或许就是井伊直弼的后裔。

　因为不能在手记中撒谎，所以我只能用"我"称呼自己，别人称呼我们的时候分别用"井伊"和"星野"。只不过被称为"星野"的是冒牌货，并不是我，我一直被称为"井伊"。冒牌货的真实身份之后会慢慢揭晓。

　为求公证，我写明了自己一直被称作井伊的证据，不知道您发现没有。就是我从艾兴巴赫手中接过装着问题篇的信封的场景。

接过信封后,我依次环视在场的所有人。首先是拉登胡伯,接着是另一个日本人,然后是兰斯洛特——兰斯洛特在窗边看雪——之后是厄舍。现在您可以比对一下座位配置图。

如果我坐在"星野"的位置,就变成先看右手边的拉登胡伯,然后跳过两个人看正对面的井伊,接着越过好几个人直接看左手边的兰斯洛特。这样东张西望太不自然了。

而如果我坐在"井伊"的位置,就很自然了。视线追着把信封交给我后回到座位上的艾兴巴赫,就会看到坐在那个方向的拉登胡伯,接着我的视线依次移动到坐在正对面的假星野、兰斯洛特、窗外的雪和厄舍。在我看到科尔特斯夫人之前,艾兴巴赫开口说话了,观察随之结束。

而接下来才是正题。

案件就要发生了……

*

我随手将看完的问题篇扣在桌子上,用手指按摩着眼皮。眼睛感到一阵阵刺痛,不知道是不是因为一口气看了那么多页打印体英文的缘故。

我从床上坐起,看了看窗外。狂风还在用力地摇晃着玻璃窗,但雪不知何时已经停了。看了看手表,现在是十一点半。

虽然英语对我来说是个障碍,但在快速阅读推理小说这方面我还是很有自信的,看得应该比其他参赛者快。我又躺回到床上,整理思绪。

正如艾兴巴赫所说,因为不熟悉伦敦地理,所以有几处必须到图书室确认。于是我拿起纸跟笔,站起身。

此时已经是十二点过后了,我走下楼梯,进入通往图书室的走廊。昏暗的灯光照出我的影子,不安地摇晃着,隐约能看到从走廊对面的图书室里漏出来的光。不知是不是因为地板是石制的,我能很清楚地听到自己的脚步声。

对面也传来脚步声,是拉登胡伯,他应该也是去查资料了。脚步声越来越近,只见他也一只手拿着纸和笔。我们没有交谈,只是冲对方轻轻点了点头。他的表情很僵硬。

我走进图书室,巨大的空间里只有我一个人。灯倒是和之前一样开着。这里没有窗户,墙壁阻隔了外界的声音。暖气的温度刚刚好,感受不到寒冷。

(深夜的图书室很像中世纪的修道院。)

我想起了艾兴巴赫在介绍缮写室时说过的话。留声机没有开,我却似乎听到了不知从哪里传来的《格里高利圣咏》的旋律。

(大概是错觉吧。)

我喜欢中世纪的氛围,那个充满黑暗与迷信的时代。昏暗比太阳的光辉更适合那个世界。

(科尔特斯夫人的小说很好看,就是不知道将来会不会出现以中世纪修道院的大图书馆为舞台的推理小说……)

抱着这样的想法,我毫不犹豫地走向书架的一角。

(奇怪,应该就在这里啊。)

想找的文献不在那里。

我歪着头,看向天花板,接着确认读书台、照明灯和几乎贴着天花板的梯子的位置。

(艾兴巴赫带我们来的时候我记得就放在这里……是拉登胡

伯用完之后没放回去吗？）

无奈之下，我打开房间中央放图书卡的箱子。我要用的是名侦探罗宾逊给出的提示——伦敦市区地图和城市发展史相关书籍。卡片上写着分类在 ESE。

（ESE？不就是刚才的那个位置吗？）

我再次朝着刚刚的方向走去，从书架上抽出一本书。可那是一本音乐相关的书，根本就不是地图专区里该有的东西。

我站到艾兴巴赫当时指明书架方向的地方，歪着头思考。

（是我记错了吗？还是书架的位置变了？）

我把每个书架都检查了一遍，最后在记忆中 SSW 方向的书架上找到了我需要用的文献。可是根据图书卡上的说明，那个方向的书架上摆的应该是北方神话相关的文献啊。

虽然不知道缘由，但书的确被移动过了。这跟艾兴巴赫提过的《格里高利圣咏》机关有什么关系吗？我再次站到房间正中央，慢慢转身，环视所有书架。并没有发现任何异样。

当时艾兴巴赫指着的凹进去的地方呢？我走过去近距离观察，那上面只有一个五毫米左右的圆形凹陷。我又用手指轻轻敲了敲木板，好像是中空的，发出咚的一声回音。

我拉出旁边小橱柜的抽屉。

抽屉里并排放着六个约二十厘米长、中间分叉的金属物品。

是音叉。

其他的抽屉里也同样放着音叉。这一切都让人摸不着头脑。

但现在没时间破解这个机关，要先解开艾兴巴赫小说中的谜团。

我在图书室里待了三十分钟左右，把需要确认的问题都确认好后便走出图书室，像来时一样穿过走廊往回走。爬上最后一级楼梯时与法齐奥擦肩而过。

回到房间，我把答案写在报告专用的纸上，写完已经是两点半了。盯着写好的答案，我下意识地叹了口气。

（真是一篇不可思议的推理小说啊。）

为了把那种不协调的感觉从脑海中赶出去，我换上睡衣，把闹钟设置成七点，钻进了毯子里。

早上七点半，我来到餐厅，还没有人。

餐厅中央的桌子上摆着黑面包和奶酪，旁边放着咖啡壶。我拿起咖啡杯，习惯性地看了看杯底。是哈布斯堡家族御用、维也纳老字号奥格腾出品的骨瓷。没记错的话，这款的图案是欧根亲王。我把咖啡倒入咖啡杯里，浓郁的香气扑鼻而来。

艾兴巴赫说的维也纳和柏林的区别，到底是什么呢？

*

到了截止时间的正午，除了艾兴巴赫以外，所有客人都来到了客厅。

天气已经放晴，柔和的阳光透过窗户照射进来。

拉登胡伯也完全恢复了精神，脸色好了起来。所有人似乎都有意避开推理小说的话题，聊着一些有的没的。

"主事人怎么还没来？"金发的拉登胡伯爽朗地说道。

今天选择让头发自然垂在肩头的科尔特斯夫人说："肯定是累了吧，可能还在床上。"她的穿着也与昨晚截然不同，是火红色的毛衣。

"让管家去叫他吧。"兰斯洛特用力摇了摇传唤铃。但管家没有出现。

"管家是叫海因茨吧,怎么还不来?"

"海因茨不在?"

拉登胡伯突然面带愁容,表情就像山里的天气,说变就变。真是个阴晴不定的人啊,我想。

这时,法齐奥提议:"各位,我们去艾兴巴赫先生的房间看看吧。"

大家陆续走上楼梯,来到艾兴巴赫的房门前。厄舍、兰斯洛特和拉登胡伯站在最前排,拉登胡伯先敲了敲门。

"怎么样?"厄舍有些担心地问。

拉登胡伯答:"没人应。"

"是不是等得太无聊睡着了?把他叫醒就行了吧?"

"可能没锁门哦。"

兰斯洛特像是下定了决心,正准备用手去握门把手,却被法齐奥从后面制止,并把手帕递给他。

"还是不要直接用手碰门把手比较好。"

兰斯洛特点点头,用手帕包住门把手之后才把手放上去。

房门毫不费力地开了,果然没有上锁。

房间里似乎没人。

我也朝里面窥探,发现罩着被子的床上有一处不自然的隆起。

兰斯洛特朝众人打着手势,示意大家不要出声。众人屏住呼吸,慢慢接近。

被子有些乱,科尔特斯夫人倒吸一口气。

大家纷纷往后退了一步,只有拉登胡伯鼓起勇气,瞬间掀开被子。

里面是摆成一列的枕头。

接下来的一个小时,整栋别墅从上到下都乱了套。因为不止主人艾兴巴赫,连管家海因茨也消失了。

像没头苍蝇一样到处找也没什么意义,最后大家一致决定分头在别墅里搜索。

负责查找玄关附近的厄舍说:"他们可能出去了。"说罢他便冲出玄关,我连忙追了上去。

我来到屋外,看到厄舍正打开汽车的后备厢,从里面取出长靴。他换上靴子后直接往左边走,开始调查别墅周围。

我没准备长靴,渐渐地追不上厄舍了,只能战战兢兢地远远跟在后面。

等我也转到别墅背面,才发现圆塔这边装有梯子,厄舍正一边踢掉梯子上的雪,一边利落地往上爬。不知道是不是有阁楼,他检查了有窗户的位置,貌似没有发现异常。

最后,我们绕着别墅转了一圈,但没发现有人进出的痕迹。

所有人齐心协力把整栋别墅都找遍了,包括地下室、客厅和餐厅所在的一层、客人们被分配的房间所在的二层,以及别墅周围,都没有发现那两个人的身影。

不过有两个值得关注的发现。

一个是我和厄舍绕别墅一周,没有发现积雪上有人走出去的足迹,姗姗来迟的拉登胡伯走进别墅的足迹也已经消失了。所以雪停之后才消失的二人肯定还在别墅里。

另一个是我们重新检查了一下艾兴巴赫的房间,没有找到《英国鞋之谜》的解答篇。所有人都看到他在晚餐时曾将其拿在手上,现在却不见了。

大家神情疲惫地回到客厅。

法齐奥嘟囔道:"只能报警了。"

"报警……是啊,或许这样比较好。"科尔特斯夫人似乎犹豫了一下,最后点点头。

"报警?为什么要报警?还不知道他们是不是真的出事了啊。"拉登胡伯板着脸反对。

"那你知道他们两个现在身在何处吗?"

就在一时语塞的拉登胡伯想要继续说些什么的时候,厄舍发出低沉的声音,打断了他。

众人转过头,看到厄舍正站在房门口。

"我已经报警了,幸好电话线没断。不过因为下雪,道路状况不太好,警察两三个小时之后才会到。"

拉登胡伯满脸通红地想要说些什么,但最后只是咬了咬嘴唇。

法齐奥面向站在门口的厄舍,用嘲讽的口吻小声说道:"还真是没叫错名字,专业守门①。"

△

"那么,各位,在这冰天雪地的日子里把我叫来,理由就是别墅的主人和管家失踪了?我可是花了两个小时才来到这里啊。"州警希尔兹警官带着鼻音抱怨道。因为擤鼻涕的次数过多,他的鼻子已经红了。他操着一口带德国口音的英语,卷舌的 R 听起来让人有些不舒服。他体型微胖,戴着细金丝边眼镜,典型的德

---

①厄舍,Usher,有门卫的意思。

国南部人。事情的始末他已经知道了。

"我当警察二十年,也办过不少杀人案。你们应该明白我的意思吧?"

厄舍有些不快地说:"你的意思是,这点儿小事不值得报警,对吧?"

刚刚厄舍还焦急地霸占着面向别墅正面的窗户,伸长了脖子等着警察的到来。没想到来人架子这么大,厄舍的语气一下变得很反感。

"就是这个意思。用你们的话来说,来自世界各地的一流侦探都在这里汇聚一堂了不是吗?"

"我就直说了吧。昨夜雪很晚才停,积雪大概有四十厘米。我把车停在了主路和通往这栋别墅的岔路口。虽然战败了,但我们德国人在下雪的第二天还是会把主要道路上的积雪清理掉的。在主路上没用多少时间,可往这边来的路上很艰辛啊。"

"德国人还真是喜欢'清理'这个词啊,战争期间也经常听到。"兰斯洛特的话里充满讽刺。

厄舍重重地点头表示赞同。

"总而言之,"不知是不是没听出对方在讽刺自己,警官抬高声调说,"下车后我是一路踩着雪过来的。"

这次轮到警官话中带刺了。只听他继续说道:"听明白了吗,诸位名侦探?途中我仔细检查过,没有发现出入这栋别墅的足迹。也就是说,雪停后,包括猫狗在内,没有活物离开过这栋别墅,踩着积雪来到这里的我可以证明。要说足迹,也就只有绕着别墅走了一圈的井伊先生和厄舍先生的足迹了。"

"我们也知道没有出入的痕迹。"厄舍有些痛苦地说道,"可整栋别墅我们都找过了,到处都找不到他们。"

警官打了个大喷嚏。

"这是什么意思？"警官一边用力擤鼻子，一边继续说道，"他们俩都上天了吗？各位名侦探，要不要依次说说你们的推理啊？"说完，他看向所有人。

想必跑那么远的路令他相当不快吧，他的话里始终带着刺。

几秒钟的沉默后，从房间的一角传来声音。"既然警官这么说的话……"

所有人的视线都集中到了假星野身上。

"你是？日本人？"

"我叫星野。让您大老远跑这一趟，如果只是为了寻找肯定在别墅中的人这种说不准算不算案子的小事，的确失礼。我们日本人可是相当注重礼节的。"

"武士道精神吗？"

假星野的故意挖苦没有起到效果，警官并没有感到生气，反而充满好奇。或许是因为不久之前他们还是并肩作战的两国的国民，还抱有亲近感吧，他的表情也变得柔和了。

"我也不知道算不算是武士道精神，不过就照您所说，我来推理一下那两个人的行踪吧。"

"真的吗？"

"刚刚我不是说过了吗，如果只是普通的捉迷藏，就是让远道而来的您白跑一趟了。我认为，这是一起杀人案。"

"星野先生，你太武断了吧，只是两个人的失踪案，不是什么杀人案。"拉登胡伯的声音在颤抖。

"是吗？"假星野冷冷地看着拉登胡伯。

警官插话道："那不如就来听听星野先生怎么说吧。"

假星野先是稍稍倾身，对警官表示感谢，然后表情平静地看向众人,用标准的英语开始陈述他的推理。

E

"诸位,我想先确认一件事,除了我以外,还有人在昨晚去过图书室吗?"

他的身体语言之丰富完全不像一个日本人。

举手的有法齐奥、厄舍、我和拉登胡伯。

"请问几位在图书室的时候,有没有发现什么奇怪的地方?"

四人之中只有我举起了手。

假星野表示领会地点点头。"井伊先生也注意到了吗?那也就是说,艾兴巴赫先生只有在带我们两个去图书室的时候,一不小心失言了。"

"失言?"科尔特斯夫人发出疑问。

假星野面带笑容地说:"诸位,请移步到图书室吧。"

所有人来到图书室,路上彼此轻声交谈。

"星野先生,你到底想干什么?"厄舍有些激动。

"艾兴巴赫先生带我和井伊先生来的时候,对他的藏书做了非常细致的说明。虽然中间跑题了,但他很明确地将解开《英国鞋之谜》需要用到的伦敦地图等文献的摆放位置指给我们看过。"

假星野学着艾兴巴赫的样子,面向北方。

"各位请看,我现在面对的方向是北,这里共有十六个区域,而藏书正是根据这十六列书架各自所在的方位进行分类的。"

"对,他是这么说的。"兰斯洛特接话道。

"而这个方向就是艾兴巴赫先生指明摆放伦敦地图的方向,也就是 ESE。"

（我果然没记错！）

"他没这么指给我们看，只告诉我们怎么看卡片了。"

"这样啊，谢谢你的补充，科尔特斯夫人。可当我去找需要的地图的时候，却被吓了一跳。"

"发生了什么事？"

"我发现，地图被摆在 SSW 方向的书架上。"

"会不会是别人用完后放错了位置？"

"也许是吧，我也发现这个情况了。"

听到我这么说，假星野道："我把 SSW 方向同一个书架上的其他书都检查了一遍，都是原本应该放在 ESE 书架上的书。"

"是有人把书调换了吧，毕竟书不可能自己移动九十度。"

"兰斯洛特先生，那么请问，那个人为什么要这么做呢？"

"这……"

"还有一个可能性。"

"还有一个？"几个人同时嘀咕了一句。

"是书架移动了。"

拉登胡伯笑出了声。"你的意思是这个房间是旋转木马吗？"

"是的，书架就是旋转木马。"

所有人都露出难以置信的表情。

"给各位看看证据吧。"

"你说证据……"

没有理会希尔兹警官的话，假星野走到梯子旁，把手放在梯子上，说："这把梯子几乎顶到了天花板，自然是用来拿够不到的书……"

"有什么问题吗？"

"厄舍先生，请靠近些再看看。"

"看梯子吗?"

"是的。"

厄舍不情不愿地探出身子,仔细端详了几秒,突然发出"啊"的一声。

"怎么了,厄舍先生?"希尔兹警官赶忙询问。

厄舍满脸难以相信地说:"这梯子……"

"梯子怎么了?"

"被牢牢地固定在地板上。"

"没错。各位,虽然还不知道具体的方法,但我可以肯定,这个房间里的书架是可以移动的。不是让梯子移动,而是书架移动到梯子的位置。艾兴巴赫先生带我和井伊先生参观这个房间的时候说过,这个房间里有机关,提示就是《格里高利圣咏》。我想,他所说的机关,就是书架会转动。"

"就算你说的是对的,那又如何?"

"厄舍先生,请您试想一下,艾兴巴赫先生在带我们参观完图书室之后,会有什么事情需要他在大半夜让书架整体转动九十度呢?"

"大概是有想看的书吧。"

"希尔兹警官,不好意思,我不这么认为。能劳烦您爬上梯子吗?"

"什么?爬梯子?"警官犹豫了一瞬,说,"看在我们都是轴心国国民的面子上,好吧。"

说着,他爬上了几米高的梯子。

假星野注视着警官说:"总觉得很蹊跷……"

"到顶了。"从高处传来警官的声音。

"警官,天花板上有什么不对劲的地方吗?"

"不对劲的地方?"

"是的,请您仔细检查一下。"

"没什么……啊,等一下!"

下面的人都目不转睛地盯着上方。

"天花板上有缝隙,我试着推了一下,板子能抬起来。"

警官推起那块一米见方的木板,探了探头,很快就冲我们叫道:"这上面有个通道!"

通道很窄,除了科尔特斯夫人以外,我们都爬上了梯子。

里面有个点亮的小灯泡,不知是不是跟图书室里的照明系统连在一起的。通道尽头有一扇门。

警官拦住焦急的我们,轻轻握住门把手。门没有上锁,门把手转动时发出细微的声响,门朝里打开了。

出乎意料的是房间很宽敞,同样亮着灯。天花板附近有一扇小窗户,挂着往两边拉开的窗帘,窗帘很厚实,露出一条缝隙,外面的光从窗户照进来。这个房间应该是阁楼的一部分改成的。

很快,希尔兹警官的视线就集中到了一处。一个黑发男人躺在地板上,脸上戴着狂欢节上才会用到的那种苍白且没有表情的面具,脖子上缠着领带。

站在警官背后的法齐奥和假星野都倒吸了一口气。

"法齐奥先生,这个人是谁?"

"黑头发的,我想应该是管家海因茨。可是他为什么会死在这里……"

希尔兹警官蹲了下来,想要拿掉面具。面具只是放在死者脸上而已,很轻松就被拿掉了,躺在地上的人露出了真面目。他的嘴半张着,舌头垂在外面,死状看起来很痛苦。

警官看了看说:"果然是管家——"

假星野打断他的话,说:"不对,被杀死的是艾兴巴赫先生,管家海因茨不是一直跟我们在一起吗?"

下一个瞬间,希尔兹警官发出一声惨叫。因为周围突然响起轰鸣声,同时伴有震动。

*

"请解释一下这到底是怎么回事?"希尔兹警官满脸通红地质问道。

科尔特斯夫人正在道歉。她右手拿着敲击棒,左手拿着音叉。

"对不起。你们上去之后,我看到抽屉里放着音叉,就拿了一个出来。之后又突发奇想,把音叉贴在旁边凹进去的地方,然后用放在同一个抽屉里的敲击棒敲了一下,声音好像扩散到了所有书架,紧接着书架就突然转动了起来……"

我说:"那块有凹陷的板子后面是中空的,应该是个共鸣箱。"

"真令人吃惊。"科尔特斯夫人继续说,"总之,当时整块天花板和所有书架都以正中间的枝形吊灯为中心转了起来,通往阁楼的洞也被堵住了。好像是敲一下书架就会转一格,每次书架转动,我也就随着改变位置,敲了十六次才转回来。"

"多亏了你,我们才能重新回到地面。"法齐奥感慨道。

假星野一脸钦佩地看着天花板说:"设计得真巧妙啊。利用音叉震动空气启动开关吗……"

兰斯洛特也佩服地说:"知道了书架会转后才明白,为什么除了入口以外,还有三处没有书架。原来是一开始就设计好了,转动九十度就能从房间进出。"

"说起来……"科尔特斯夫人担心地问道,"上面有什么?发生了什么意料之外的事吗?警官好像很生气。"

听到这句话,警官似乎才突然想起之前气愤的原因,说道:"别提了,有人被杀了。"

"咦?谁被杀了?"

"法齐奥先生说是下落不明的管家,不过……"警官耸了耸肩,"这位日本朋友却说不是。"

"到底是怎么回事?"

"他说被杀的是别墅的主人艾兴巴赫先生,管家则一直跟我们在一起……"

"跟我们在一起?"夫人的反应有些神经质,"跟我们在一起……那他人在哪里呢?"

冷静得令人吃惊的声音从房间的一角传来。

"我在这里。星野先生说得没错,我就是管家海因茨。"

说话的人拿掉了金色假发,露出原本的黑发,他正是拉登胡伯。

Z

希尔兹警官把艾兴巴赫的遗体留在阁楼里,将整个房间封锁,然后打电话给相关人员,通知他们来现场验尸。并且他嘱咐所有人留在图书室,不要离开。

接着,犹豫再三,警官决定让我们旁听管家海因茨的坦白。说服警官的人是兰斯洛特,他说:"即便凶手就在这几人之中,但除了凶手之外的其他人都是清白且优秀的侦探,应该能给出好的建议。"

垂头丧气的管家开始了他的讲述。管家与警官一样，使用的是德语。精通德语的厄舍面无表情地为其他出席者充当翻译。

"我跟随主人艾兴巴赫已经半年了，我的全名是海因茨·普莱森朵夫。"说完，他叹了口气。

"才半年？"

"是的，因为之前一直在打仗。"

"你多大年纪了？依我看，别说这次的战争了，连上次大战你都超过年龄限制了吧。"厄舍借机询问。

"我今年六十，到去年为止一直在老家慕尼黑郊外的餐馆里当经理。那家店虽小，口碑却不错。当然，我并不是老板，只是在那里打工。干这行四十年了，才终于当上经理。可年初的时候，被人民冲锋队（战争后期组建，由民众组成的冲锋队）征兵，扛着一架'铁拳'反坦克火箭筒（反坦克榴弹发射器的一种），被送到了奥德河附近。"

"柏林战役啊。"警官说。

"是的。我在西奥多·布塞将军的第九军。那场战斗相当惨烈，而且那里真的太冷了。我们与从希特勒青年团调来的十五六岁的少年并肩作战，身后就是柏林，也就是帝国最后的防卫线。

"我们与敌人殊死搏斗，对战苏联的斯大林坦克群。可无论我们怎么努力，敌人的坦克就像是从地里冒出来的一样，源源不断地朝我们攻过来。最后我们终于没子弹了，防守阵地遭到敌人坦克的蹂躏。"

或许是忆起了当时的情景，普莱森朵夫的眼睛有些湿润。

"光是回想起来就觉得痛苦的战争终于结束真是太好了。战后我回到了故乡慕尼黑,餐馆已被空袭炸得无影无踪,我失去了容身之所,可谓穷途末路。

"就在那个时候,很早以前就是店里熟客的艾兴巴赫先生,在给复员兵提供的简陋宿舍里找到我。艾兴巴赫先生曾在伦敦的大学任教过一段时间,在战争爆发前回到了德国。他说想雇我做管家。夫人病故后他就一个人住在这栋别墅里,肯定是想找一个人照顾自己的饮食起居吧。他提出的待遇相当丰厚,甚至好到让人难以置信。只不过……"

"只不过什么?"

"他提出了一个奇怪的条件。"

"什么条件?"

"他让我在这次的聚会上,除了做好管家的工作,还要扮演一个名叫拉登胡伯的人。准确地说,是我和主人两人轮流扮演拉登胡伯、艾兴巴赫和普莱森朵夫。"

"为什么?"

普莱森朵夫虚弱地说:"主人是这么说的:'这次聚会是个推理游戏。拉登胡伯先生也是预计要来参加聚会的人之一,遗憾的是,他在战争快结束的时候被卷入维也纳攻防战,失去了宝贵的生命。但知道此事的只有我,我想把这点设计到我的诡计中。当然不是为了杀人,这只是个游戏。'

"我无法接受这样的解释,继续刨根问底。之后主人就说了这么一句话:'我就是想知道。我等着轮到自己已经等了九年。'当时他的表情非常认真,认真到我都忘记问他一句'您到底想知道些什么'了。因为他是店里的熟客,我非常了解他的人品。他为人正派,像所有德国南部的人一样待人和善。"

说到这里普莱森朵夫停了一下,用真挚的目光环视众人,之后再度开口。

"我答应了主人,并开始练习,学习两个人怎么扮演三个人,确定在什么时候转换身份,预想各种不同的情况。我们持续进行了很长一段时间细致的排练。"

"藏在阁楼里也是计划的一环吗?"

"是的。根据剧本,先设计拉登胡伯晚到,在这期间,我尽可能不引人注目地完成管家的工作。等晚餐开始,我就迅速变装成拉登胡伯。说是变装,其实也只是换身衣服、戴上金色的假发和黑框眼镜而已。改变发色,再戴上眼镜,就能彻底改变一个人给他人的印象。"

说罢,他再次叹了一口气。

"千算万算,唯独没算到的就是这场雪。我以拉登胡伯的身份登场时雪还下得很大。我们提前把车藏在了附近的森林里,按照剧本,我应该开着那辆车登场,可是因为积雪的缘故,这不可能实现了,于是我决定假装是徒步过来的。我从别墅出发,倒着走出去,但在积雪中行走很困难,如果要一直走到车那里的话时间上就来不及了。所以我只走出了别墅区域,然后又小心地踩着自己的脚印回到别墅,出现在大家面前。要是有人去检查我的足迹,就会发现我根本不是从外面来的。不过因为这场雪一直下到深夜,警官刚才也说了,积雪很厚,已经把我的脚印彻底覆盖了。"

这次他又重重地叹了口气,不知道是不是因为失去主人对他的打击太大,隐约可以看到他的黑眼圈。

"回到正题。晚餐结束前的这段时间,我饰演了好几次拉登胡伯。等大家都回到房间后,我再次开始行动。当时我还是管家的打扮。首先要做的就是让人误以为主人睡在房间里的床上。我们把两个枕头竖着摆好,盖上被子,再调整隆起的位置,看起来就像是有人睡在那里一样。主人开心地跟我说:'看完这篇小说,或许会有人来杀我,我要让他扑个空。'布置好之后,我们没有锁门,一同去了图书室。"

这时我问:"我有个问题。既然知道会出现这么一个人,为什么你们两个不藏在房间里等着那人出现,抓个正着呢?"

"实际上我也问过同样的问题。主人给我的回答是:'太危险了。对方身上可能有枪之类的武器。而且如果真的有人要杀我,那么就证明,事情的真相对那个人来说是致命的。'说完还对我露出了意味深长的笑容。"

"要是对方有枪,几个人都不是对手。这点说得通。"兰斯洛特说。

"继续。"希尔兹警官催促道。

"图书室的阁楼有一个秘密房间,刚刚各位也看到了,使用音叉让书架转动九十度,就能爬到天花板里面去。主人在阁楼里的时候,为了确保他可以随时下到图书室,书架就保持在九十度没有动。这才被星野先生发现了。"

"说起来,艾兴巴赫先生曾经提过维也纳和柏林如何如何,那到底是什么意思?"我想起艾兴巴赫说过的话,提问道。

"请仔细观察放音叉的抽屉。"

我看着抽屉说:"一共有五层……"

"科尔特斯夫人。"

突然被普莱森朵夫点名,科尔特斯夫人不掩疑惑地歪着头问:"什么事?"

"刚刚您是如何选择使用哪把音叉的?"

"我无意中拉开中间的抽屉,拿了里面最右边的那个……"

"是随便选的吗?"

"是的。"

"那您的运气真好啊。"

"为什么这么说?"

"请您用一下最上面的抽屉里的音叉。"

"再来一次吗?"

"是的,请。"

夫人有些迟疑地拉开最上面的抽屉,取出音叉,贴在凹陷处敲响。

"什么都没发生啊。"希尔兹警官说道。

普莱森朵夫转向我,说:"这就是给井伊先生的答案。因为刚刚夫人使用的是维也纳。"

"我不太明白。请详细说明一下。"法齐奥难掩好奇心,探出身子问。

"主人最喜欢《格里高利圣咏》,改造这个房间的时候,他满脑子都是《格里高利圣咏》。主人曾说过,他为了探寻《格里高利圣咏》那个时代不存在的基音,造访过各种各样的修道院和教会,用自己的耳朵亲自去确认。最后他得出的结论是,《格里高利圣咏》的基音 A 是四百二十八赫兹。"

听到这里,法齐奥说:"你这么说我还是不明白。"

"其实我也不是很明白。顺带一提,放在最上层抽屉里的音叉设定成了维也纳爱乐乐团的基音四百四十五赫兹。第二层是柏林爱乐交响乐团的,四百四十二赫兹。每层都放了六把音叉,它们的基音相同,按照圭多的音阶从左到右排列,通常使用的 A 就是最右侧的音叉。"

科尔特斯夫人问:"基音不同的意思是说,维也纳爱乐乐团和柏林爱乐乐团的音高不同吗？"

有着职业钢琴家水平的兰斯洛特答道："当然。所有乐器都要以基音为准。据说基音定得高，声音就会更容易传递到人们耳中。耳朵灵的听众只要对比一下维也纳爱乐乐团和柏林爱乐乐团的演奏，就能发现差别。"

"原来是这样啊。"我和假星野都发出感叹。

"因此，要想让这个箱子产生共鸣，启动开关，就必须使用四百二十八赫兹基音的音叉。"

听完音叉的原理，希尔兹警官再次催促普莱森朵夫继续说下去。

"主人和我爬上了阁楼。心情大好的主人哼着曲子，用染发粉把头发染成了黑色。我们两个的身材几乎相同，他便直接换上了我的衣服。按照计划，在这之后，可能有性命危险的主人要装扮成我的样子。接下来只要等着就行了，看看那个要杀主人的人究竟会不会出现。"

"我有两个问题。第一，你们把《英国鞋之谜》的答案藏到哪里去了？"

对于警官的问题，普莱森朵夫摇了摇头。"我也觉得很不可思议。主人应该把信封放在阁楼里的桌子上了啊。"

"你没记错吧？"

"肯定没错，是我亲眼所见。"

听了厄舍的翻译，法齐奥陷入沉思般点了点头。

"第二个问题。你们确认过天窗吗？那个高度踮起脚就能够到，要是想的话，从那里进出应该没问题。同样，光也会透出去。"

"是的。要是有人走远一点儿观察整栋别墅的话，就会发现阁楼里的灯亮着,那样的话就前功尽弃了,所以我们锁上了天窗,还把窗帘拉上了。窗帘很厚,基本不透光,室内的照明也都拆掉了。"

听罢,警官继续说:"刚才进入阁楼发现尸体的时候,我检查了窗户,是从里面上锁的横向窗栓,而且是锁着的。"

我明白警官想说什么。果然凶手就是别墅里的人,利用秘密通道潜入了阁楼。

"我继续往下说吧。我们在阁楼房间里待了一会儿,我留下主人离开的时间是夜里十二点左右。我把板子稍微挪开一个缝,确认图书室里没有人后爬了下来。那个时候我已经变身为拉登胡伯了。"

"之后你遇到过谁吗?"

"嗯,回拉登胡伯的房间途中,在一楼的走廊上我遇到了井伊先生。之后我回到房间,看了一个小时的书。"

"井伊先生,是这样吗?"

我点点头。

"那一个小时你一直待在房间里……"

"是的。到了一点左右,我决定回管家的房间,因为早晨六点还有管家的工作需要做。"

"什么工作?"

"准备早餐。"

警官在厄舍为众人翻译对话的时候频繁啃咬钢笔的尾部,像在思考着什么。

"那之后你还见到过谁吗?"

见普莱森朵夫摇摇头,警官又看向我,问道:"你呢?那之后见到过谁吗?"

我说回房间的时候在二层遇到了法齐奥。法齐奥又说两点左右回自己房间的时候，与几乎同时下楼的厄舍和假星野擦肩而过。

厄舍和假星野相互证明那个时间对方确实在图书室。厄舍三点左右回到房间，假星野则是差不多三点半。而且，在我去图书室的那段时间，厄舍邀请科尔特斯夫人去客厅聊了一个半小时。这么多人都曾到过图书室，却没有一个人目击到事件发生。

警官面露难色，用钢笔敲着牙齿，操着口音很重的英语说："我开始期待验尸结果了。凶手必须进入图书室，爬上梯子，才能去杀人。我们可以根据作案时间，将嫌疑人的范围缩小。法齐奥先生和井伊先生，没有第三者可以为你们作证，所以你们的嫌疑还是很大。"

*

普莱森朵夫打破了沉默。大概是为了照顾众人，他开始用英语说："警官，可以了吗？"

"你指什么？"警官有些不愉快地反问。

"听了我刚刚的陈述，您应该了解到这件事的特殊性了。"

"嗯，了解了。"警官爽快地承认，接着说，"也就是说，根据现场的状况来看，杀害艾兴巴赫先生的凶手肯定就在这些人之中。"

"是的，肯定就在这七个人之中……"

警官掰着手指计算，然后说道："七个人，就是说也包括你在内了？"

"是的。我当然知道自己没有杀人，但在没有确凿的不在场证明的情况下，把我也视作嫌疑人才公平。"

听到普莱森朵夫这么说，警官有些感动。"正直正是我们民族值得称赞的美德。"

兰斯洛特神经质地摆弄着手里的雪茄。

普莱森朵夫看起来已疲惫不堪，但还是语气坚定地说："我想确认两点。首先，凶手是怎么知道主人藏在阁楼的秘密房间的？"

"这很简单，因为你就是凶手。"厄舍说道。

这下普莱森朵夫真的生气了。"我不知道您是英国贵族还是有其他高贵的身份，但有些事情是不能乱说的。我绝对不是凶手！"

厄舍丝毫不惧，立刻用德语反驳："不使用音叉书架就不会转，还必须是与《格里高利圣咏》基音相符的音叉，知道这两点的人可不多。假设埃勒里·奎因在场，也会毫不犹豫地指出凶手吧。"

之后他又将自己的话翻译成英语，末尾若无其事地加了一句："我就是这么说的。"

"这可不一定。"我打断厄舍，"既然您用埃勒里·奎因举例，"我边说边拿起手边的纸，用右手写下那句有名的法语"我思故我在"，拿给厄舍看，"那请不要掉进埃勒里·奎因风格的推理误区之中。他的作品中，惯用手经常成为锁定凶手的线索。如果凶手是左撇子，我立刻就会被排除嫌疑，因为我用右手写字。但实际上我就是左撇子，只是刚巧右手也会写字而已。"

"你想说什么？"

我没有直接回答厄舍的问题，转而询问法齐奥："科尔特斯夫人误打误撞转动书架时，您发现什么异状了吗？"

"这还用发现吗,当时有声音……"话说到一半法齐奥就明白了,"对啊,凶手根本不需要知道音叉转动书架的机关,只要知道阁楼的存在以及艾兴巴赫先生藏在那里就够了。因为凶手爬上梯子的时候,书架已经转动到与通向阁楼的通道相连的位置了啊。"

"正是如此。倘若凶手转动书架,转动的声音肯定会惊动藏在上面的艾兴巴赫先生。听到声音的他可以提前把门锁上,而且不会在几乎没有打斗痕迹的情况下被勒死。是这样吧,普莱森朵夫先生?"

"是的。我和主人来到图书室的时候,梯子就已经在现在的位置了。我猜测他应该是在带您二位参观完之后,就提前调好了位置。只要人不在阁楼,转动的声音听起来就不会那么明显。当时各位都在客厅,应该没人发现有东西在转动。"

我重重地点了点头,说道:"凶手也许是看到了你们二人爬上阁楼的过程,也可能是在机缘巧合之下得知了艾兴巴赫先生藏在上面。这样一来,嫌疑人的范围就扩大了不少……"

厄舍一脸不高兴,说:"好吧,谁都有机会,我承认总行了吧。"

我微笑着答道:"正是如此。"

"不愧是轴心国。"厄舍赌气似的扭过头。

"第二点。警官也问过这个问题,解答篇去哪儿了?"

法齐奥也表示同意,说:"艾兴巴赫先生把问题篇分发给我们的时候,的确在所有人面前展示过放着解答篇的信封。"

"是的。我记得主人进阁楼的时候手上还拿着信封。后来不知道被什么人偷走了。"

"偷走了……"警官重复着。

"是的。从这一点来看，我认为主人被杀的关键就在《英国鞋之谜》上。"

希尔兹警官问："你为什么会这么认为？"

"因为解答篇失踪了。所有人都知道主人准备了解答篇，现在它却不见了，说明对凶手来说，解答篇里有什么绝对不能被其他人看到的特殊内容。这也印证了主人的话。"

"特殊内容……"

"是的。就像警官您之前指出的那样，在这种封闭的空间里杀人是愚蠢的行为。一般的案件，嫌疑人会有几百、几千甚至几万个，可现在，把我算在内也才七个人。这难道不是在告诉我们，让主人活着的风险和解答篇存在的风险，比杀人的风险还要大吗？这部小说中肯定隐藏着巨大的秘密，解答篇中则藏着对凶手非常不利的内容。"

"嗯。"兰斯洛特表示认同，"分析得很有道理。"

警官却一脸为难地说："英语的话，我对话还可以，阅读就不太行了，理解不了小说的内容……"

"警官，我也一样，只看了目录就放弃了。"普莱森朵夫感同身受地说道，"不过，请允许我提一个建议。我认为，为主人报仇的最快方法就是，请在场的诸位解开《英国鞋之谜》里的谜题。"

"解开谜题？"

"是的。刚刚兰斯洛特先生不是说了吗，除了凶手，其他人都是极其优秀的名侦探，肯定能解开这个谜题。"说完，普莱森朵夫似乎用尽了力气，一屁股坐在旁边的椅子上。

警官用蔑视的眼神环视众人，说："嗯，说得也是。反正凶手逃不出去，法医也还要过一会儿才能到。想尽快解决这件事的话，什么方法都试试比较好。"说着他拍了拍手，继续说，"好吧，我同意了。各位，请带着你们准备好的答案到客厅集合，然后解开谜题。对了，科尔特斯夫人……"

"有什么事吗？"正准备起身的科尔特斯夫人问道。

警官的脸上难得露出了笑容。"能给我从头到尾讲一下小说的内容吗？"

H

所有人都回到了客厅。科尔特斯夫人的讲述大概用了三十分钟，警官在听的过程中很认真地做了笔记。

普莱森朵夫累倒了。考虑到他尚有万分之一逃跑的可能性，警官让他留在客厅。于是他解开衬衫的扣子，直接躺在了房间角落的长椅上。

第一个自告奋勇的人是厄舍，他信心十足地看了看众人。

大家的位置比较分散，随自己喜好坐在椅子或者沙发上。厄舍则站在暖炉旁边。

"艾兴巴赫先生夸口说自己准备了很多年，可在我看来，这篇推理小说实在没什么意思……"厄舍快速瞥了警官一眼，"想必因为德国人都在忙着打仗吧。"

警官明显面露不悦，说道："快说出你的答案。"

"那我就开始了。看过问题篇之后，我认为除了那两个大谜题之外，其余内容都平平无奇，是一部不合格的小说。那两个大谜题嘛，一个是罗伯茨是怎么在短时间内往返于伦敦和北英格兰的；另外一个是，他是如何跨越警戒线，从大理石拱门去到泰晤士河的。既然是杀人案，那么肯定存在凶手。嫌疑人有女儿、经理和游戏玩伴三个人。"

厄舍用力清了清嗓子,继续道:"我想,艾兴巴赫先生大概是觉得自己设计的这两个诡计很精妙,有些自我陶醉吧。"

"什么意思?"

"警官,第一个谜题实在过于不可思议,以至于立即露出了马脚。这个诡计应该用得更巧妙一些的。"

"我听不懂你在说什么。"

厄舍丝毫不掩饰惊讶的表情,说:"这有什么不明白的呢?罗伯茨在克鲁被目击,之后出现在伦敦。两个小时后,同样是在伦敦,他的尸体在警戒线内被发现。框架已经这么清楚了,把 Bradshaw 翻烂了都没用。"

"Bradshaw?"

听到法齐奥的询问,厄舍不高兴地咂了一下嘴,说:"是英国传统的火车时刻表,有着上百年的历史。"

厄舍以一副"连这都不知道"的表情解释完之后,马上继续自己的推理。"从物理角度来说,罗伯茨不可能去湖区。如果他去了,就不可能在深夜回到伦敦,所以他只可能是在克鲁搭上开往伦敦的列车。"

"那他胃里的水要怎么解释?"

厄舍淡淡地说:"水是可以带走的。"

"我认为,这是一次有预谋的杀人,凶手提前准备好了湖区的水。犯罪现场在伦敦的话,大女儿艾莉森就自动被排除嫌疑了。"

"那就还剩下两个嫌疑人。"

"我认为凶手是经理克利林。"

听到这个答案,众人一片哗然。

等大家静下来之后，厄舍才继续说："大家还记得在罗伯茨的鞋子里发现的纸片吗？从小说中特意提到这点来看，那应该是死前信息。那么，我们从'Lien'这个罕见的姓氏上能感觉到什么？"

警官问："感觉到什么？"

"警官，英语中，'Lien'作为法律用语，表示房屋扣押权或担保的意思。"

"那又如何？"

厄舍冷笑着说："警官不愧是德国人，在这方面很迟钝。"

警官气得眉毛倒竖，但听到厄舍说"不想知道理由吗？"之后，又蔫了，说："好吧，请告诉我。"

他没有用英语的"请"，而是用力挤出一个"Bitte①"，说完把脸扭向一边。

见到警官的狼狈样，厄舍愉快地说："很简单。沉迷赌博到处借钱的人，拿房子去做担保也不足为奇吧？"

"哦，所以你觉得有外债的经理是凶手。"

"没错。这个推理挺无聊的，但问题出在谜题上。"

警官表示认同地边点头边记笔记。"只要找出了凶手，无聊不无聊的无所谓啦。"

得知了凶手的身份，希尔兹警官很开心，难得地夸奖了厄舍。

这时，兰斯洛特举起手，说道："我觉得少了点儿什么。"接着他用理智的眼神看着所有人，继续说，"关于水的诡计，我跟厄舍先生的想法一致。但很遗憾，我认为凶手另有其人。"

---

①德语的"请"。

希尔兹警官又露出了不耐烦的表情。

兰斯洛特将手背在身后,一小圈一小圈地踱着步。

"哦?说来听听。"厄舍的话里带刺。

"罗伯茨喝下的水是提前准备好的,这一点我同意。因为,如果把开往卡莱尔方向的英国国有铁路列车曾经停下这条线索也考虑进去,就不得不让人怀疑,这是一次有计划的谋杀。而从小说的内容来看,凶手是有帮手的,正是那个人制造了罗伯茨前往卡莱尔的虚假行踪,以此将嫌疑转移到长女艾莉森身上。"

兰斯洛特皱着眉,继续说道:"不过,对我来说,谜题的关键不是凶手是谁,而是为什么这篇小说中充满了矛盾。我认为这一点才是解开这起事件的关键。"

厄舍有些激动地问:"那凶手到底是谁?你不是说跟我有不同意见吗?"

"不可能是艾莉森,那么凶手就是另外两个人中的一个。我的结论是,游戏爱好者班森是凶手。"

听罢,希尔兹警官问:"你的根据是什么,兰斯洛特先生?"

"按照厄舍先生的解读,从罗伯茨鞋子里找到的纸片上的打印体名字的确指向经理克利林。"

"对吧,那就是死前信息。"

"那么请问,为什么名侦探会在意吧台的位置和庞森比?"

警官冷淡地回答:"不知道。"

"我的答案恐怕要推翻井伊先生的说法了,因为我认为这是典型的惯用手诡计。"

"惯用手诡计?"

"首先说说克利林。他坐在吧台最左侧、紧挨着墙的位置,喝了很长时间的黑啤。如果他是左撇子,在那个位置喝酒手肘会很不方便，所以他的惯用手应该是右手。"

兰斯洛特确认没人反驳后才继续说道："然后来看班森。乍看之下，全文都没有提过他的惯用手是哪只，除了庞森比……"

"这是什么意思？"

"警官，您还记得吗？在重现滑铁卢战场的巨大模型前，罗伯茨和班森都站在英国这边，分别负责右翼和左翼，艾兴巴赫先生还特意配上了战场的示意图。负责右翼的罗伯茨忙着思考怎么才能扛住进攻乌古蒙的法军。随着战事推进，原本抵御法军攻势的英军投入了庞森比的近卫龙骑兵。根据史料记载，这支部队之后由于追击得过于深入，会被歼灭，因此，二人才针对如何运用这支部队发生了争吵。"

说到这里，兰斯洛特加重了语气，继续道："问题就在于部队的位置。如果在沙盘上再现，应该几乎位于战场正中间。罗伯茨说：'好，就跟当时一样投入庞森比吧。'同时把手伸向摆在乌古蒙的棋子。根据班森的描述，他说：'一直盯着布吕歇尔军会出现的战场的我慌忙阻止道："不对，那样不行。"同时抓住了他的手。'接着又说：'因为太着急了，失去了平衡，我的另一只手不小心按到了沙盘上。之后我们就吵了起来。'这里的表现手法很微妙，一般很难看出来，不过只要在地图上再现，就会神奇地发现，其实相当清晰。"

说着，兰斯洛特翻开艾兴巴赫的小说，找到那页展示给大家。

"'抓住罗伯茨手的时候失去平衡'是怎样的状况呢？如果伸出右手的时候失去平衡，他应该会靠在罗伯茨身上。而他说另一只手按到了沙盘上，也就是说，他朝罗伯茨伸出的是左手，按到沙盘上的是右手。

"在慌张的时候伸出惯用手是常识性的推理，所以他是左撇子。罗伯茨鞋子里的纸片是在右脚鞋子的脚踝位置发现的，也就是说，他是右撇子，因为用左手把纸片放到右脚鞋子的脚踝位置非常不自然。这样一来，罗伯茨负责右翼，班森负责左翼就很好理解了。只有这么站，两个人的手臂才不会碰到。

"那么我们再来分析一下凶手的惯用手，可以根据勒痕进行判断。凶手用两只手从罗伯茨身后勒住他的脖子，然后将绳子交叉，留下的痕迹显示往左上方的勒痕更加明显，证明拉绳子的手，也就是左手的力气更大。各位可以试着比画一下。由此可知，凶手的左手更有力气，也就是左撇子。这就是我认为班森才是凶手的理由。"

听完兰斯洛特的推理，法齐奥摇晃着身子说："我也认为班森是凶手。可是厄舍先生说的第二个谜题呢？莫非罗伯茨真的是橄榄球选手？我感觉应该跟名侦探罗宾逊的提示有关。"

没人给出答案。沉默了一会儿之后，兰斯洛特开口了。"罗伯茨的移动之谜我没能解开。而且刚刚我也说过，对我来说最大的谜题不是凶手是谁，而是为什么这篇小说中充满了矛盾。既然是精心准备的小说，怎么会如此失衡，将与主线无关的内容写得过于详细。厄舍先生刚刚也说过，水的诡计太明显了，除此之外还有很多。我来列举一下吧。

"一，罗伯茨为什么突然出现在克鲁？

"二，凶手为什么一定要砍掉罗伯茨的头？

"三，为什么嫌疑人只有这几个人？

"四，假设班森是凶手，鞋子里的纸片又意味着什么？

"五，小说内容为什么会失衡？

"六，假设班森是凶手，小说里提到的线索就足以指明他的身份了，名侦探为什么还要给出四个提示呢？"

兰斯洛特先后看了厄舍和警官一眼，继续说道："只看问题篇的话，出现在克鲁的要么是罗伯茨本人，要么就是提前调查过罗伯茨会穿什么衣服并成功装扮成他的冒牌货，但没有证据。而且为什么他要突然从比利时飞到克鲁？这两者之间没有必然关系。如果是为了把读者的注意力转移到艾莉森身上，应该更加巧妙地展开故事吧？从比利时到克鲁的途中，至少应该在某个地方出现一次才合理……"

说着，他又开始背着手踱步，继续慢慢悠悠地走着椭圆。"还有，如果想让人误以为罗伯茨是在湖区被杀的，为什么要让他先在大理石拱门被人目击，两小时后尸体才被发现？这样的杀人手法未免太幼稚拙劣了吧？我认为这不是有预谋的杀人，凶手也没有理由砍掉罗伯茨的头。"

只见他脸上挂着有些讽刺的笑容，继续说道："开场倒是挺震撼的，嫌疑人却没几个。而且长女跟另外两个人是二律背反的关系，选择了一方，另外一方就不会成立。假设杀人现场在伦敦附近，嫌疑人不是经理就是游戏爱好者。而关于经理的记述，就只有他在戈尔德斯格林的酒吧里喝啤酒这一条。"

兰斯洛特加快了步伐。"如果采纳惯用手这个线索，解决谜题就根本不需要用到纸片上的名字。如果反过来采用厄舍先生的推理，纸片虽然发挥了作用，但酒吧的吧台座位和庞森比就失去了存在的意义。真的是很神奇。"

像是有些累了，兰斯洛特注视着警官说："最主要的是，名侦探罗宾逊给出的四个提示，我无法理解。"

法齐奥向前踏出一步，说："兰斯洛特先生，那四个提示不是解开罗伯茨如何从大理石拱门跑到泰晤士河，并突破警戒线之谜的线索吗？"

"我就知道会有人这么说。这也是我的最后一个疑问:为什么在《给读者的挑战》中,艾兴巴赫先生没有要求解释诡计?"

的确如此。既然对自己的诡计信心十足,为什么艾兴巴赫没有在挑战书里高调地要求大家解释呢……

(真的很奇怪。)

我也开始意识到这篇乍看之下很单纯的小说有很多不平衡和矛盾的地方了。昨晚睡觉之前感觉到的那种不协调就是这个吗?

"兰斯洛特先生,不如由我来解开罗伯茨先生飞天之谜吧。"法齐奥有些脸红地突然举手说道。

当着难掩惊讶的众人的面,法齐奥又往前走了一步。

"通过兰斯洛特先生和厄舍先生的推理,基本上已经确定了凶手。我没有看穿惯用手诡计,所以非常佩服二位的推理。另外,我不太熟悉英格兰的地理情况,连从那个叫克鲁的车站到伦敦西边的——应该是帕丁顿站吧——所需要的时间都不知道。"

"我听闻法齐奥先生和科尔特斯夫人一样,都是著名的推理作家。不知道您会做出什么样的推理呢?希望这次意大利人不会中途逃跑。"警官用蹩脚的英语话里带刺地说道。

法齐奥淡定地接招:"刚才我已经说过了,我想试着通过名侦探罗宾逊给出的提示,解开刚刚二位没有谈及的点,也就是罗伯茨飞天之谜。"

"这……"法齐奥强而有力的反击堵得警官说不出话来。

"拉着警戒线的区域可以说是一个'密室',是绝对不可能突破的。关于这一点,大家是怎么认为的呢?"

法齐奥拿起手边的纸,画了一条线。(图 A)

"假设这条线就是全世界,住在线上的人们的生活就是在 A

点与 B 点之间往返。"

说完他又在线的正中间位置画了一个黑点。(图 B)

"有一天,路的正中央摆了一块石头,就是这个黑点。可怜的人们没办法跨越石头到对面去,也就无法往返于 A 点与 B 点之间了。"

接着法齐奥又画了一张图。(图 C)

"这时候有个人发现,这个世界不单单是在一根线上走来走去。有了二维意识,想要过去根本不是问题,只要绕开岩石就可以了。接下来,我们来说说罗伯茨……"

他又画下了第三张图。

"就是这样。(如图 D 所示。)这就是把位于 A 点的罗伯茨围起来的密室。如果执著于二维,就无法离开这个密室。"

"原来如此,画出来就容易理解了。"兰斯洛特有些脸红。

法齐奥一脸得意地说:"那太好了。离开密室的方法就像刚才说的例子里的思路一样,非常之简单,只要有三维的意识就可以了。"

"走天上吗!我居然没想到……英帕尔跟日军交手的时候,我们就是用这个战法大获全胜的啊。"厄舍的语气里饱含懊悔。

"要这么说的话,德国空军早在那之前的斯大林格勒战役上就尝试过同样的战术了。"希尔兹警官挑衅道。

厄舍面无表情地反击:"可最后第六军全军覆没了啊。"

"是一息尚存。而且第六军之所以会被包围,都是因为防守侧翼的意大利军太弱了。"

警官再次把矛头指向法齐奥,但法齐奥反而安慰起他来:"别动气。我们意大利军队里也有勇敢的士兵啊,还开着小艇冲进了马耳他岛上的英军要塞呢。总之,战争已经结束了,我们就

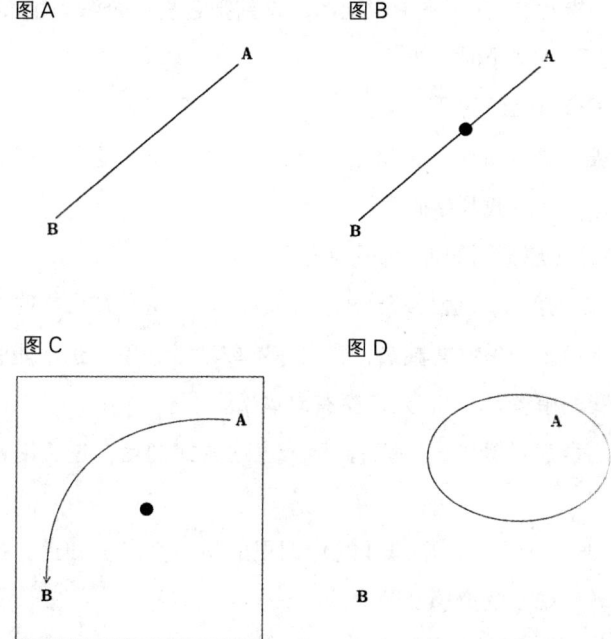

不要继续互相仇视了,好吗?厄舍先生说得没错,还有飞行这个办法,譬如用气球。"

"可是,当天的天气根本不允许……这条路被堵死了。"科尔特斯夫人惊讶地说。

法齐奥看了看大家,说:"我不熟悉伦敦的地理,便遵照罗宾逊的提示,'仔细看伦敦地图,直到把它看出个洞为止',在图书室看了一个小时之久。"

"发现什么了?"

法齐奥重新面向希尔兹警官,说:"发现不是光看就能搞明白的,于是,我开始研究第二个提示。"

"就是黛德丽的那个提示吗?"

"是的。罗宾逊想表达的重点是什么?我也喜欢黛德丽,所以对于用她来举例的做法,我实在不敢恭维,不过也不能就此放弃。我的解释是:'有入口就有出口'。"

厄舍表示赞同。"的确,换个表达方式的话,这么说也不是不行。"

"第三个提示,栖息在蛇形湖里的鱼。大家都知道,蛇形湖在伦敦市中心的海德公园里。"

警官说:"这种事谁知道啊?"

法齐奥摇摇头,道:"警官,这是建立在我们都知道的前提下给出的提示。文中不仅特意提到了福尔摩斯的《贵族单身汉案》,还直接告诉我们,如果不熟悉伦敦地理的话,就去仔细看地图。都说得这么清楚了,就不能说不知道了啊。"

"好吧。通过这个提示能搞清楚什么?"

"位于城市中心的湖,知道那里栖息着什么鱼能搞清楚什么……"

"不知道。"

"如果说有金鱼会想到什么？有鳟鱼呢？"

"金鱼的话，应该是后放进去的吧。鳟鱼是天然的淡水鱼。"警官不明所以地答道。

"没错。通过调查里面都有些什么鱼，就能判断出这座湖是不是人工的。"

兰斯洛特拍了一下大腿，说了句"原来如此"。然后他先看了看警官，又看了看其他人，确认大家都同意这个说法后才开口道："法齐奥先生说得非常有道理。知道第三个提示的意义后，第二个提示也就明白了。如果蛇形湖是一座人工湖，就肯定有进水口和出水口。因为如果不流动的话，沉淀物到了夏天会发臭，那样的话就不适合用来供市民休憩了。如果是天然湖，虽然水是从地下涌出来的，但还是有必要把水放出去。"

"是的。因此，我仔细看地图，几乎都要看出洞来了。推荐的另外一本城市发展史的书我也看了。"

"赶、赶紧往后说。"终于想明白的警官催促道。

"看完后我很吃惊。随着现代化的推进，很多河流要么消失了，要么潜入了地下。"

"河？原来有河吗？"厄舍性急地询问。

"有的，随着伦敦城市的发展，很多河流被填埋，还有的变成了地下河。最具代表性的就是沃尔布鲁克河，另外还有以北区汉普斯特德的湿地为源头的舰队河、泰伯恩河等。我遵照艾兴巴赫先生的建议，仔细查阅了伦敦的旧地图。当然，需要特别留意的就是小说中出现的大理石拱门、海德公园、海德公园里的蛇形湖、发现身体部分的斯隆广场，以及切尔西皇家医院一带。最后，我终于在十八世纪的旧地图中找到了。"

"找到什么了？"厄舍插话道。

"那是张从贝斯沃特向南延伸的地图，现在蛇形湖的位置原本是新河。也就是说，蛇形湖实际上是拦截天然河流形成的。"

兰斯洛特不断点头，说："名侦探的提示原来是这个意思啊。"

"是的。那座湖的源头是流动的河水。入水口找到了，现在需要找到出水口。沿着地图寻找就会发现，湖面一直延伸到海德公园的右下角，也就是东南角。湖水从那里开始潜入地下，顺着骑士桥的金那顿大道穿过斯隆广场，刚好在切尔西皇家医院的位置汇入泰晤士河。据说新河早在十九世纪中期就彻底变成地下河了。"

厄舍感叹道："难以置信。"

"说到三维，除了天空，地下其实也可以。名侦探讲了一个邮政铁路的事，我认为那是让读者把注意力转向地下的伏笔。这条河的名字叫韦斯本河，现在我把它的流向加在地图上。"

看到法齐奥用蓝色墨水笔流利地画出的水路，众人纷纷发出惊叹之声。

"这条河在地铁斯隆广场站经过一条跨越车站的巨大铁制水槽。从地图上看，在斯隆广场站的乘客头顶几米高的位置应该铺着铁管。厄舍先生，是这样吗？"

厄舍犹豫着点了点头，说："我记得不是很清楚，大概是吧。"

法齐奥抬高声调，继续说道："当天下了雨，从蛇形湖流出的水量应该会增加。我没有亲眼见过变成地下河的那部分，无法断言，但我想就算进水口那里有网拦着，应该也能强行拽下来，让人的身体通过。因为艾兴巴赫先生给出的提示就是如此暗示的，所以我大胆猜测，在海德公园将罗伯茨杀害后，凶手将他的尸体丢入河中,由等待在斯隆广场站铁管上的同伙采取某种手段将尸体打捞上来,把头砍下,再单独把头丢回河里。这样就能解释罗伯茨的头是怎么跨越警戒线,又是怎么用两个小时的时间移动到那里的了。"

警官似乎是听呆了,过了一会儿才回过神来,感叹道:"简直像做梦一样。"

"这就是尸体移动的诡计。当天下着大雨,水流湍急,肯定能实现。原来如此……"厄舍表示赞同地点点头。

法齐奥却面露愁容,说:"可如果是这样的话,就陷入了僵局。你们不觉得吗?如果这就是艾兴巴赫先生故事的结局,就麻烦了啊。"

"麻烦了?"

"是的,警官。在我的假设中,共犯必须在犯罪发生的同一时间在斯隆广场站待命。知道罗伯茨的尸体会漂到那里的同伙……警官,我想问一下,问题篇里出现过这样的嫌疑人吗?"

警官慌忙拿出之前听科尔特斯夫人讲解时做的笔记翻看。"对、对啊,没有疑似共犯的人物出场,可提示一直在往这个方向引导。"

"是的,这就是兰斯洛特先生刚刚提出的第三个疑问。"法齐奥摇着头叹了口气,"如果这种不协调感是艾兴巴赫先生故意为之,那么这篇推理小说可相当不得了……"

就在这时,从角落传来一句"我可以发表意见吗?",语气听起来像是一直在等待发言的机会。

循着声音看过去,科尔特斯夫人身姿挺拔地站在那里。

在所有人的注视下,现场唯一一位女性科尔特斯夫人面带微

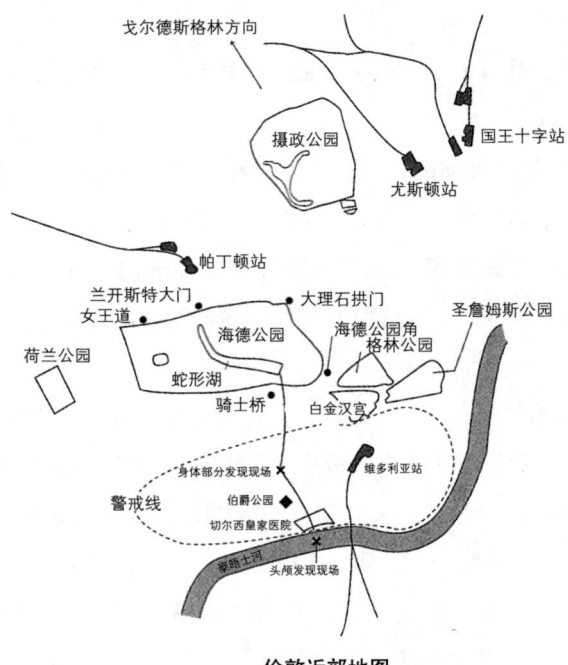

伦敦近郊地图

笑，用平静的口吻开始讲述她的想法。

"我想，听完我的推理，就能消除令我们头痛的不协调感。那么，我就从其实早就有人意识到，但一直没有人触及的地方开始吧。"

"是哪一点？"

"警官，是标题。标题模仿了埃勒里·奎因的名作《荷兰鞋之谜》(*The Dutch Shoe Mystery*)。"

"只是觉得好玩吧？而且这本小说的所有章节标题都是以'tion'结尾，或许他只是想玩同样的把戏呢？"厄舍满不在乎地说。

科尔特斯夫人小声地笑了。"的确，《荷兰鞋之谜》中的Operation、Agitation也是以'tion'结尾。可只是这样想未免太肤浅了。"

"嗯？"

"艾兴巴赫先生不是天才魔术师吗？在开始推理游戏前的表演中，他积极地向我们解释何为错误引导，那就是伏笔，必须要深挖才行呀。'tion'只是幌子，目的是转移大家的注意力。"

"你的意思是另有内情？"兰斯洛特发出疑问。

"是的。解开这一切的关键，就在胖侦探的讲解中出现的'活泼的天使'，弗洛伦斯·南丁格尔。"

希尔兹警官焦急地吵嚷着："科尔特斯夫人，我完全听不懂你在说什么，这关南丁格尔什么事？"

"不好意思，现在的确不是沉迷游戏的时候，是我不对。南丁格尔是一条线索，结论就是……"

科尔特斯夫人停顿了一下，所有人都盯着她。她轻咳了两声，继续说道："请大家跟我一起看目录，不要看末尾的'tion'，而看首字母。还记得吗？魔术师动左手的话，就要去看他的右手。首先是'A'，然后依次是'N''A''G''R''A''M'，请连起来。"

"Anagram（变位词）……"警官嘟囔道。

"没错，就是变位词，文字的重新排列。"

"把什么重新排列？"

夫人的脸因兴奋而发红。"最初我也不知道。如果艾兴巴赫先生真的设下了变位词这个诡计，只要改变人名或地名字母的排列顺序，应该就会变成别的意思。所以从罗伯茨这个名字开始，我把所有名字都写了下来。变位词这种游戏，由别人说出来只会轻描淡写地觉得'哦，原来如此'，自己想找出答案却相当困难。我努力了很长时间，却没有结果。于是我开始思考另一个大谜题，就是标题为什么是《英国鞋之谜》(*The English Shoe Mystery*)，为什么要模仿埃勒里·奎因的作品名？"

警官表示听到这里还是一头雾水。

科尔特斯夫人继续说："我在想，标题中的'鞋'为什么是单数，是不是有什么特别的意义呢？也就是说，重点不在一双鞋(Shoes)，而是一只鞋(Shoe)。想到这一点的时候，我就像是得到了上帝的启示，突然开窍了。"

兰斯洛特问："就像圣希尔德加德·冯·宾根[①]一样？"

"感谢你的赞美。"

警官催促道："你到底想到什么了？"

"鞋要一双才有用……您应该明白了吧，法齐奥先生？"科尔特斯夫人对法齐奥报以微笑，把解释权让了出去。

[①] 圣希尔德加德·冯·宾根 (Hildegard von Bingen, 1098—1179)，中世纪德国神学家、作曲家及作家，第一位女作曲家，声称受到神的启示开始作曲。

法齐奥深吸了一口气,又慢慢吐出来,才开口道:"关键不在鞋,而在其中一只鞋里的东西上。"

夫人面带微笑,说:"安德鲁·利恩,从英国制造的鞋子里发现的纸片上写着这个名字……"

"把组成这个名字的字母重新排列就行了吧?"兰斯洛特追问道。

"纸片上打印的名字是安德鲁·利恩,拼写是……"说着,夫人在纸上仔细地写下每一个字母。

ANDREW LIEN

"就是这样,把它们分解后重新排列。"

DANIEL WREN

"如何?"

沉默只持续了几秒,很快就被打破了。

兰斯洛特兴奋地大叫:"原来是这样!我明白了!"

厄舍也难掩激动。"总算搞清楚了。这个诡计真了不得啊。"

过了一会儿,我和假星野才迟迟点头。

"看来井伊先生和星野先生也找到答案了,明明二位都没参加过在厄舍先生的别墅举办的那次聚会,了不起。"

警官看了一圈众人,说:"麻烦各位稍后再兴奋,谁能说说到底是怎么回事吗?我是没怎么学过英语的德国人,你们说得那么快,我没太明白……"

"非常抱歉,警官,我们解开了变位词的谜团。"

"等一下,这个'丹尼尔·雷恩(DANIEL WREN)'怎么了?"警官依然一头雾水。

"听完答案希望您不要失望,您不明白是正常的。这起事件发生的时候,只有一部分人知道这个架空的名字。"

"什么意思?"

"这是在我的小说中登场的凶手的名字,而且当时小说还没有出版。"科尔特斯夫人解释道。

"那还真是巧啊。"

"不,发现'丹尼尔·雷恩'这个名字不是偶然,而是必然。"

"我听不懂。"警官仍然无法理解。

"我将那部作品拿给现在在场的大家看是在一九三六年的十二月十五日,爱德华八世退位的四天之后。各位应该还有印象,因为我们当时就逗留在厄舍先生位于坎特伯雷的别墅里,跟小说中发生凶杀案的日子是同一天。"

"十二月十五日……好像是有这么回事。"沉思良久,警官才发出像是从嗓子眼里挤出来的声音。

"假设这个字谜不是偶然,那么罗伯茨就是将除了参加那次聚会的成员之外不可能有人知道的名字作为自己的死前信息,因为这本书第二年才通过法齐奥先生的出版社出版。"

"我好像明白了,佛朗哥万岁。"厄舍又开始挖苦人了。

"请等一下,你到底想说什么?"警官终于爆发了。

"《英国鞋之谜》是真实事件,准确地说是由真实事件改编的推理小说。"

＊

将从餐厅拿来的酒一饮而尽后,希尔兹警官终于恢复了平静。

见状,科尔特斯夫人说:"那么,我继续。这只'鞋'把原本是虚构的故事变成了真实发生过的事件。换句话说,就是前往异次元的通道……"夫人优雅地翻开笔记,"如此一来,我发现的几个环境证据就有了意义。大家还记得小说中的这几个细节吗?坎贝尔警长说:'西装和鞋都是英国货,不知道是不是在伦敦庞德街的老字号做的。'后面的《给读者的挑战》中,艾兴巴赫先生又写'我已经尽可能'。如果是自己写的小说,为什么要让负责调查的警长说出这种模棱两可的话呢,直接说'是在庞德街的老字号做的'不就行了吗?同样,在自己创造出来的架空世界中,作者是全能的,为什么要用'尽可能'这种没什么自信的字眼呢?"

夫人环视众人,微笑着说:"那是因为有部分内容掺杂着艾兴巴赫先生的想象和他听来的传闻,证明他手上的线索有限,这才导致了问题篇的失衡。即便搞清楚了诡计,也不知道谁才是共犯,因为他自己也不知道。"

"我听不明白,能详细讲解一下吗?"

"根据普莱森朵夫先生的话来分析,艾兴巴赫先生应该是想让我们帮忙找出真凶。所以目录中,才会在《给读者的挑战》后面还有一个章节。"

"还有一个章节?"希尔兹警官追问道。

"就是《第九年的偶然》。"

兰斯洛特嘟囔了一句"第九年……",努力回忆着。

"对啊,上次聚会,也就是在我的别墅里举行的那次,已经是九年前的事了,简直恍如昨日。"厄舍吃惊地感叹着。

看到希尔兹还是一脸困惑,科尔特斯夫人说:"不如由我来总结一下要点吧。"

"拜托了。"警官露出"得救了"的表情。

"假设十六日发现罗伯茨身首异处是事实,那么应该正如罗宾逊所言,十七日的报纸刊登了这条新闻。罗伯茨被杀的十五日晚上,我们——准确地说是除了这二位日本朋友和缺席的拉登胡伯先生,再加上英伯特先生的我们几人——就在厄舍先生位于坎特伯雷郊外的别墅里。因此,聚会结束后,于十七日回到伦敦的艾兴巴赫先生很有可能看到了那则新闻。他还注意到了写着'丹尼尔·雷恩'这个名字的纸片,而这个名字只有在前一天晚上参加了位于坎特伯雷郊外别墅里聚会的人才知道。"

夫人喘了口气,继续说道:"这意味着什么呢?意味着当晚参加聚会的某个人极有可能出于某些理由参与了谋杀罗伯茨的行动。艾兴巴赫先生当时住在伦敦,熟悉当地的地理情况,于是他开始独自展开调查。我们拿到的问题篇就是他调查到的内容。他并不是故意将小说中的案件设定在了聚会的这一天,而是因为十二月十五日的坎特伯雷聚会与发生在同一天的杀人案有着密不可分的关系,他才基于这一事实做了这样的设定。我想,他自己已经解开了水的诡计。如果罗伯茨真的去过湖区,罗宾逊就不会对怎么去湖区提出那么多疑问了。"

听到这里,兰斯洛特脸色煞白地说:"科尔特斯夫人,如果艾兴巴赫先生的小说是真事……"

科尔特斯夫人明白兰斯洛特想说什么,她面带笑容地说道:"是的。如果发生在克鲁、湖区和斯隆广场的事都是真的,这就是一场完美的预谋犯罪。而且是经过缜密计算，一环套一环，非常复杂的计划。"

警官呆立在原地，连笔记都不记了，就那么直勾勾地看着科尔特斯夫人。

"九年前的那个晚上，在厄舍先生的别墅里，大家按照游戏规则拿到我的问题篇回到房间是十点，再次集合是第二天的中午十二点。我因为无事可做，回到房间后就睡下了。法齐奥先生、兰斯洛特先生和厄舍先生，请问三位当时有不在场证明吗？"

突然被锁定为嫌疑人并遭到这样的质问，三人都很狼狈。

"我、我……不记得了。啊，不对，半夜的时候我好像在走廊上遇到了英伯特先生。"

"可是，厄舍先生，英伯特先生已经去世了，不能为你做证了。法齐奥先生和兰斯洛特先生呢？"

二人表情僵硬，都没有说话。

"这也难怪，毕竟是九年前的事了，想不起来也正常。不过，罗伯茨身上带着那张印着只有当时身在别墅的人才知道的人名的纸片，证明他于半夜出现在伦敦之前，不是在英格兰北部，而是在伦敦和坎特伯雷之间的某个地方。"

"那出现在克鲁站的罗伯茨是怎么回事呢？"

"应该是有人假扮的。同理，让列车停下来的另有其人，在西服口袋里发现的克鲁文具店的便笺也是提前准备好的，应该是为了制造罗伯茨曾经去过湖区的假象吧。如果罗伯茨不是自愿从比利时回来的，凶手除了要安排一个人在斯隆广场捞尸体，还需要一个人负责绑架，再加上在厄舍先生的别墅参加解谜游戏的人……也就是说，实际上参与了这起充满谜团的杀人案的人，比小说中提到的要多。"

"总结一下就是,凶手是那天在别墅里的人。他为了隐瞒自己参与了那次杀人案,这次又杀死了想要当场揭露真相的艾兴巴赫先生。对吗?"

科尔特斯夫人很肯定地回答:"是的。"

警官的表情略有缓和,说道:"意思就是,也可能是你干的。"

"虽然不是我干的,但我的确有嫌疑。"

兰斯洛特有些惊慌失措地说:"不是我!"

法齐奥和厄舍也争先恐后地说着不是自己。

大概是觉得很烦,警官说:"晚一点儿等法医到了就能知道更具体的作案时间,到时候自会见分晓。话说回来,了不起啊,你的推理能力着实令人佩服。"

"谢谢您的夸奖。不过,我的推理也就到此为止了。具体是参加聚会的哪个人、为何杀了罗伯茨,并又在这次聚会期间杀了艾兴巴赫先生,我仍不得而知。"

她轻轻叹了口气,又说道:"但是已经足够了吧?只要查出艾兴巴赫先生的确切死亡时间,再调查每个人的不在场证明,应该就能锁定凶手了。还是说……"

大概是因为确信我不是凶手,科尔特斯夫人对我露出温柔的微笑,说:"井伊先生,刚刚您的推理还没有结束,现在有什么要补充的吗?"

Θ

为了平复心情,我轻咳了几声,之后说道:"那么,请允许我陈述自己的意见。首先我想表示遗憾,若是艾兴巴赫先生没有遭遇不幸，相信这场推理游戏会更加有趣。言归正传。常言道，最后发言的人，对于探寻真相最有利，尤其是像这次这样，每个人都要说出自己的推理结果，也包括杀害艾兴巴赫先生的凶手。换言之，我们之中有个人明知自己是凶手，还要若无其事地做出推理。因此，我一直在仔细观察，观察各位是如何展开推理的，以及对其他人的推理结果有什么反应。我认为凶手肯定会在什么地方露出马脚。"

"原来如此，比起小说，您更在意解谜的人。"法齐奥表达了赞许。

"但愿你不是凶手。"充满讽刺的评语，是厄舍。

我无视厄舍的话，继续说道："我把目前为止各位推理的要点总结了一下。"

说着，我将笔记本拿给所有人看，众人迟疑又好奇的视线集中在我的笔记本上。

"大家的推理都非常犀利，每个人都在前一个人的基础上指出了新的事实，听得我瞠目结舌。随着推理不断展开，我发现了一件有意思的事情。

"我们来从头梳理一下各位的推理。每解开一个真相得一分，列举出来就是这样。"

星野	指出这是一起谋杀案
普莱森朵夫	指出解开问题篇的重要性
厄舍	认为凶手是克利林；指出水的诡计
兰斯洛特	认为凶手是班森；指出惯用手的诡计
法齐奥	解开罗伯茨飞天之谜
科尔特斯	指出这篇小说是根据真实事件改编的，并指

出凶手就在参加聚会的人里

"我们来想象一下凶手参与这场推理游戏的心理吧。他为什么一定要在这里杀害艾兴巴赫先生呢？为了掩盖自己过去杀害了罗伯茨的事实，同时希望真相能够永远石沉大海，想用自己提出的推理把其他人往别的方向误导，可又不能让别人看出自己是凶手……各位觉得是不是这样呢？"

"应该差不多吧。"兰斯洛特表示同意。

"那么，在大家一连串的推理中，对凶手来说哪个部分最为致命呢？我想就是科尔特斯夫人的推理了。如果不是她，很有可能直到最后我们都没发现这篇小说是依据真实事件改编的。由此可知，科尔特斯夫人是凶手的可能性很小。"

科尔特斯夫人安心地叹了口气，说："您能理解，我很开心。"

"同理，星野先生。"我在说"星野"这两个字时多少有些用力，"您的推理是突破口。在此之前没人认为这是一起谋杀案。"

"谢谢，井伊先生，您说得很对。"假星野的表情也松弛下来。

"拉登胡伯，也就是普莱森朵夫先生，坎特伯雷的那次聚会举办时你还在慕尼黑的餐馆里当经理，所以嫌疑自动排除。"

"谢谢。"从房间深处传来一个虚弱的声音。虽然普莱森朵夫躺在那里，但他一直在听。

"我也出于同样的理由排除了嫌疑。另外，刚刚科尔特斯夫人的推理也提到了，如果那位我素未谋面的英伯特先生是凶手，那艾兴巴赫先生就不会死了。这刚好印证了艾兴巴赫先生对普莱森朵夫先生说过的话：'如果真的有人要杀我，那么就证明事情的真相对那个人来说是致命的。'正因为凶手不是英伯特先生，艾兴巴赫先生才会遇害。如此一来，就只剩下三个人了。刚刚听了科尔特斯夫人的话，我又发现了新的矛盾。"

"听了我的话？"

"是的，就是共犯。"

"共犯……"

"是的，科尔特斯夫人，您一一列举了参与杀害罗伯茨的共犯。罗伯茨在克鲁被目击、列车在彭里斯意外停车，这些事没有人协助的话是做不到的。可为什么要做这些呢？"

厄舍问："为什么？"

在我开口前，兰斯洛特抢先用"不理解你为什么会问这样的问题"的语气回答道："为了让人误以为罗伯茨往苏格兰的方向去了啊。"

"可是，尸体在伦敦……"从远处传来普莱森朵夫的声音。

我面带微笑地说："矛盾点就在这里。请各位想一想，如果对方要实施在伦敦砍下罗伯茨的头颅这样猎奇的预谋犯罪，为什么还要让他喝下湖区的水，使用克鲁文具店的便笺呢？"

"这都是一下就会被看穿的诡计。"兰斯洛特接话道。

"会不会是这样呢？凶手原本想在湖区杀死罗伯茨，准确地说，是计划让人误以为他是死在湖区的，并让尸体在湖里被发现。"

我用眼神示意想说些什么的法齐奥和兰斯洛特暂时不要插嘴，继续说："如此一来，从克鲁开始的一系列行动就明朗了。如果罗伯茨没有在伦敦出现，最终尸体被人发现漂在湖区的湖面上，大家肯定会认为他是强行让列车停下后，在湖里溺死了吧。如果不是自杀，长女夫妇的嫌疑就最大。"

科尔特斯夫人和法齐奥马上听出了弦外之音。

"看来二位已经知道我想说什么了。是的,罗伯茨出现在伦敦完全是个意外。而且凶手不可能把尸体丢进地下河,因为没有在斯隆广场等待打捞尸体的帮手。不过刚刚兰斯洛特先生和法齐奥先生的推理还是很有道理的。"

厄舍和普莱森朵夫也倒吸了一口凉气。

"发现这个矛盾的时候,老实说,我感到脊背发凉。这究竟是怎么回事?假设在伦敦被目击的罗伯茨原本不应该出现,那砍下他的头颅是怎么做到的?与从克鲁开始伪造的行踪有关系吗?不知各位谁能解释清楚……"

我先后看了看厄舍、法齐奥和兰斯洛特,继续说:"我尚未解开这个矛盾,不过,如果曾经在湖区下手的人就是凶手的话,我能从三位之中找出符合条件的人。"

"你的意思是,你已经知道谁是凶手了……"

"是的,警官。开头我就说过,只有等凶手自己露出马脚才能下判断。请各位仔细思考一下,能够在克鲁到卡莱尔这段路上制造不在场证明的人,肯定对那条铁路相当熟悉,包括时刻表和路线。"

警官说:"那是自然。"

我首先对着兰斯洛特说:"兰斯洛特先生,有一件事要告诉您。我也是因为曾经在英国逗留过一段时间才知道,英国现在的铁路都是私营的。关于这一点您似乎并不清楚,所以您之前总说国营铁路。实际上,自一九二三年到现在,英国四大铁路公司一直在相互竞争。如果我没记错的话,在战争爆发前的一九三八年,野鸭号创下了时速一百二十六英里(二百零三千米)的世界纪录。这正是当时几家私营企业为了争取更多的旅客,相互比拼速度的结果。您似乎对英国的铁路情况并不熟悉。"

兰斯洛特立刻明白了我想说什么，鞠躬表示感谢。

"法齐奥先生，关于四大铁路，问题篇中出现的LMSR，也就是伦敦、米德兰和苏格兰铁路的终点站其实是尤斯顿站，帕丁顿站是英国大西部铁路线的终点站。很遗憾，您搞错了。"

听了这番话，法齐奥不但没有生气，反而跟兰斯洛特一样，握住我的手，表达谢意。

我将目光转向最后剩下的厄舍，说："因此，我认为熟悉传统时刻表 *Bradshaw* 的您就是凶手。"

*

厄舍不为所动，大笑着说："杀了我儿子还不够，现在还要冤枉我是杀人凶手吗？日本人到底是怎样的人种啊。"

他怒视着我，继续说："年轻人，你给我听好了，我没杀艾兴巴赫先生，等法医来了自然会真相大白，不过我还是要说清楚。之前我也对警官说过了，十二点到一点半我一直跟科尔特斯夫人在一起，两点到三点则是跟星野先生在一起。如果艾兴巴赫先生是在这个时间段被杀的，那我就不是凶手。"

我看向科尔特斯夫人，问："我再确认一遍，厄舍先生所说是真的吗？"

科尔特斯夫人有些不好意思地回答："是的，的确如此。十二点左右，厄舍先生敲响了我房间的门……"

"他对您说了什么？"

厄舍耸了耸肩，说："我只是邀请她到客厅一起喝酒。小说的谜题实在没什么意思，就想约她打发打发时间。刚才你也说了，科尔特斯夫人是凶手的可能性很低，跟她在一起应该没什么问题吧。"

说完他大笑了几声,然后继续说:"之后我先回了一趟房间,过了一会儿,几乎跟星野先生同时走下楼梯,前往图书室,法齐奥先生也看到了。你是叫井伊对吧?一点半到两点我在房间,没有不在场证明,但那段时间法齐奥先生在图书室。当然,如果案发时间是在凌晨三点以后那就是另外一回事了,可那个时间段所有人都没有不在场证明。所以就目前来说,和其他人比起来,我是拥有最明确的不在场证明的人。我不逃也不藏,等尸检结果出来自然就真相大白了。话说到这个份儿上,你还要坚持说是我杀了艾兴巴赫先生吗?说到底,你还是太肤浅了。"

对方如此胸有成竹地提出了自己的不在场证明,我无力反驳。

见我紧闭双唇沉默不语,厄舍催促道:"法医还没到吗?"

希尔兹警官看了看手表,说:"看时间,技术人员差不多到我停车的地方了吧。"

"那太好了,我去迎他们吧。"

"厄舍先生,这可不行。他们不认识这里的路,所以我会去接,但请你们绝对不要离开这个房间。"

"可是,凶手就在我们中间……"科尔特斯夫人不安地说。

"你们互相监视,不让任何人离开,就可以防止凶手逃走了。"说罢,警官快步向外走去。

此时,一个声音拦住了他。

"希尔兹警官,请留步。"

Ⅰ

"不好意思,我能再说两句吗?"声音来自假星野。

"你还有什么要补充的吗?"

警官显然有些烦躁。假星野却哧哧地笑了,看起来是真的很愉快。

"终于露馅儿了。你是打算就这么逃掉吧,那可不行哦。"

"你在说什么?"

假星野迅速从怀中掏出某样东西对准警官——是手枪——并说出了令人瞠目结舌的话。

"闹剧到此为止。你就是杀害艾兴巴赫先生的凶手,我要逮捕你。"

希尔兹警官愣了一下,转而放声大笑道:"我还以为你要说什么呢,我看你是疯了吧。"

"我没疯。"

假星野用右手举着手枪,左手从胸前的口袋拿出一样东西展示给所有人看。是身份证明。

"我叫托马斯·圭介·藤野,是美利坚合众国OSS①负责特别行动的上尉,现在以杀害阿尔伯特·艾兴巴赫的罪名逮捕你,还有你的共犯……"

"共犯……"我小声嘟囔了一句。

"杀害艾兴巴赫的共犯就是你,爱德华·厄舍。同时我以参与暗杀彼得·罗伯茨,即罗伯特·彼得斯未遂,及涉苏联间谍嫌疑的罪名逮捕你。"

---

① OSS,全称为Office of Strategic Services,战略情报局,中央情报局(CIA)的前身。

*

上尉打电话联络了在附近镇上待命的 OSS 和 SIS[①] 的联合作战小队。小队抵达之前,由藤野上尉举枪监视那两个人,暂时将他们留在客厅里。厄舍看起来已经彻底死心了,大概是因为意识到上尉已经看穿了这次杀人案的所有阴谋诡计吧。

小队抵达,厄舍与假警官被带走,藤野上尉则留下来等待真正的警察到来。

安心感与无力感充斥着整个客厅。

"请问,这究竟是怎么回事?"

听到我好不容易鼓起勇气发出的疑问,藤野上尉哈哈大笑,用典型的美国佬语气说:"我都快吓死了。我刚刚接到命令来这里执行任务,英国 SIS 就发来了指示,让我使用一个叫星野的人的身份,说他是在欧洲享有盛名的日本画家。战争期间,我曾经为英国 SOE[②] 工作过。结果我刚到这栋别墅没多久,就又冒出一个日本人来。而且我越看越不对劲,这个人的说话方式、对法语的熟悉程度等,都跟我在伦敦拿到的星野的背景信息完全一致。我还在想,应该没这么巧吧。"

"原来是这样啊。初次见面时,您不是鞠躬而是握手,我就觉得您不像日本人。我就是真正的星野。"我笑着伸出右手。

"原来早就暴露了啊,是我疏忽了。我在日本上过大学,但毕竟出生在加利福尼亚,算是二代日裔美国人,一不小心就露馅儿了。"上尉用日语快速回答道。

在其他人惊愕的目光中,我们紧紧握住了对方的手。

---

① SIS,全称为 Secret Intelligence Service,别名 MI6,英国秘密情报局。
② SOE,全称为 Special Operations Executive,英国特别行动处。

"请在允许的范围内解释一下究竟发生了什么事吧。"

"说得也是,多亏了在场各位的协助,我才能成功逮捕凶手,大家有权知道事情的原委。那我就讲一下吧。"

*

"早在战前,英国当局就盯上了爱德华·厄舍,怀疑他是苏联的间谍。他的家族在英国是名门,他本人也很聪明,但性格放荡,过度自信,还是个败家子儿。他的妻子是法国人,日子过得穷奢极欲,没过多久他就沦落到必须卖房卖地的地步了。根据SIS的调查,九年前苏联找上了他,最初的契机不明。英国当局开始对他产生怀疑是从一起暗杀未遂案开始的。暗杀对象是苏联间谍罗伯特·彼得斯,也就是艾兴巴赫先生小说中的彼得·罗伯茨——他在小说中玩了一个文字游戏。罗伯特的母亲是俄国人,父亲是英裔美国人。"

听到暗杀未遂这个词,我吃惊地问:"未遂?"

"是的。彼得斯在第一次世界大战期间被德军俘虏,后来想办法逃出了监狱,并逃往当时属于协约国阵营的俄罗斯帝国。由于母亲是俄国人,他在语言方面没有遇到任何障碍。之后他又被卷进了俄国革命。"

"一九一七年。"

"是的。彼得斯再次出现是从苏联复员的两年后。根据我们的调查,那期间他崇拜共产主义,发誓要效忠苏联。回到伦敦后,他表面上经营贸易公司,背地里却作为苏联的间谍行动。具体的工作内容我不方便告知,只能告诉你们他的任务是收集与正抬头的纳粹/希特勒和英国的态度相关的情报。"

"之后彼得斯在英国结婚,并有了女儿,原本只是用来当作伪装的事业也顺风顺水,这些因素使他的心境产生了微妙的变化。令他下定决心叛变的是妻子的死。当时他为了执行任务去了西班牙,表面上是出差,实际是为了执行秘密任务,所以公司方面和家人都不知道他的联系方式,除了苏联当局。据我们猜测,彼得斯当时的任务应该是刺探纳粹和佛朗哥接触的情报。就在彼得斯执行任务期间,他的妻子在英国出了车祸,危在旦夕,而他全然不知。回到伦敦后他遭受了相当大的打击,间谍这个职业反人性的一面让他对之前的信仰产生了幻灭感。"

上尉清了清嗓子,确认所有人的目光都集中在自己身上后,继续说道:"彼得斯主动向SIS坦白说自己背叛了英国,英国方面在深思熟虑后决定让他当双重间谍。当然,苏联方面也不是傻子,知道了这件事之后决定将他除掉。很快,除掉他的指令和成功后可获得巨额报酬的消息传到了包括厄舍在内的间谍组织那里。于是,厄舍等人在苏联特工的帮助下,绑架了出差归来的彼得斯,打算将其杀害。他们计划捏造彼得斯自行前往湖区,并在那里死掉的假象,情况就如大家之前所说的那样。"

"就是去比利时出差吗?"

"是的,法齐奥先生。据彼得斯本人所说,十四号傍晚他刚刚离开旅馆就被绑架了。当时他走在大街上,突然有辆车停在他面前,车门打开后他闻到一股麻醉剂的味道,很快便失去了意识。绑架彼得斯的人按照周详的计划,趁着夜色跨过多佛尔海峡,把他运到了英国。他恢复意识时,已经身处某个仓库之中,右手被手铐铐在管子上,无法逃脱。彼得斯就这样度过了很长时间,按时给他送饭的是个年轻的金发男人,彼得斯并不认识那个人。对方没有遮掩容貌,彼得斯自己也是干这行的,所以直觉告诉他，自己就快被杀了。

"彼得斯的预感是对的。被绑架一天后，房门终于打开，走进来两三个男人。他没见过厄舍，之后当局曾拿厄舍的照片给他看，他表示厄舍并不在那几个人之中。彼得斯被五花大绑着拖出房间，一直拖到一个装满水的桶边。过了一会儿，其中一个人看着手表说了一句'动手'。据推测，当时应该是十五号晚上九点到十点之间。与此同时，其他间谍正在勤勤恳恳地为彼得斯制造从克鲁往北的行踪。

"除掉彼得斯是一项很重要的指令，所以厄舍应该是在晚上十点推理游戏开始的同时赶往袭击现场的。根据我的推测，监禁彼得斯的地方应该就在厄舍的宅邸附近。几个人把彼得斯搬到车上，将提前准备好的假便笺塞到他的西服口袋里，然后跟另一组人交接。厄舍到第二天的早晨为止都有时间，所以他与另一人接手彼得斯，转移时用的应该也是厄舍的车。我想，按照计划，厄舍这一组会在中途把彼得斯交给另一组人，再由那组人接力把彼得斯运到湖区。

"可是这中间发生了意料之外的事，本该死掉的彼得斯在途中苏醒了。接下来我要讲的内容包含彼得斯本人的供述。他醒过来时发现自己在汽车后座上，身上盖着一块布。他意识模糊地动了动手指，碰到了放在座位上的一沓纸。现在想来，那应该是推理游戏中用到的夫人写的小说。他小心翼翼地掀开身上的布，扯下纸张的一角，借着路灯的光看到纸上写有一个名字，是丹尼尔·雷恩。自己稍后就会被杀了吧，事到如今还能留下的信息或许也就是这个名字了。如此想着，他拼尽全力将纸片藏到了鞋子里。"

想象着当时的情景，我不自觉地攥紧了拳头。

"可以问一个问题吗？厄舍为什么要特意将我的小说带到车上？"科尔特斯夫人询问道。

见藤野上尉欲言又止，我举起手说："他是那次聚会的组织者，身为组织者，肯定不能说自己没看吧。所以我想，他是打算等把尸体交给下一组人之后，在回程的路上看的。"

科尔特斯夫人点点头，表示接受了我的说法。

上尉用眼神向我致意后，继续说道："彼得斯的意识越来越清醒，他开始绞尽脑汁思考逃跑的可能性。驾驶席和助手席上分别坐着一个人，从他们的对话中他得知这两个人都是苏联特工，也是差点儿杀死自己的人。过了一会儿，彼得斯感觉车外越来越亮。他偷偷瞄了一眼外面，发现车子好像驶入伦敦了。厄舍要去湖区丢弃尸体，走的路线却途经伦敦市区，大概是觉得深夜走平整的伦敦的马路更舒适一些吧。这正是他犯下的致命失误。车停在某个十字路口的时候，彼得斯听到外面有很多人声。就是现在！彼得斯使出全力，打开车门逃掉了。"

上尉轻咳了一下。"众目睽睽之下不能乱来，大惊失色的厄舍拼命追着彼得斯跑了出去。彼得斯逃下车的地方应该是贝克街到摄政公园中间的某处。这场双方都拼上性命的赛跑，最后率先冲过终点线的是彼得斯。他倒戈英国后，知道了伦敦市内的安全点。幸好他跑到了其中一处，筋疲力尽的他跑进大理石拱门附近的某栋建筑求救。

"听了彼得斯的遭遇后，当局很为难。他双重间谍的身份已经暴露，那就只有两条路可选：一是将他藏到安全的地方，二是改变他的身份。在间谍的世界，追查叛徒，苏联做得最为彻底和严厉。考虑到彼得斯个人的诉求，最终当局得出的结论是，将彼得斯这个人从世界上彻底消除，把他完完全全变成另外一个人。

于是，当局利用那一晚在伦敦东区发现的流浪汉的尸体，让彼得斯从这个世界上消失了。另外，除了需要某种程度上操控警察，最好再设计一个能引起媒体关注的死法。于是，耍小聪的负责人就想出了这起稀奇古怪的杀人案。如果让尸体身首异处，分别在斯隆广场和泰晤士河被发现，那绝对猎奇。他们先故意把这件事压下来，然后再透露给媒体。头颅和身体分别被找到，肯定会是一则爆炸性新闻。就算苏联方面怀疑彼得斯的死，展开调查，乍看之下不可能实现的作案手法或许还能获得更好的效果。当局的想法是，冲击性越大，对方越会相信彼得斯已经死了。"

不知是不是讲得出汗了，上尉用右手擦了擦额头，接着说："当晚，彼得斯被扒了个精光，从西服到鞋子，都被套到了那个在东区被发现的无名战士身上，后来引发问题的那张纸片也直接被转移了过去。向上帝报告这种行为的正当性，并得到原谅后，当局将砍下的头颅运到泰晤士河，身体运到斯隆广场站。毕竟只要有权力和身份证明，多严密的警戒线都不是问题。事情就是这样，这下明白了吧，法齐奥先生。"

藤野上尉在法齐奥的解说图上加了一笔。

法齐奥失望地点了点头。

"彼得斯凶杀案让伦敦的大众报纸大卖特卖。在当局的强烈

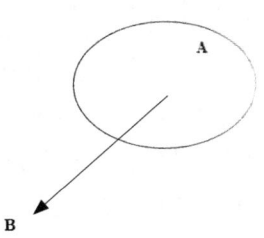

要求下,警察按照指示,将故事原封不动地泄露给了报社。既然想把彼得斯的死伪装成猎奇杀人事件,为了增加可信度而保留小道具的做法就不难理解了吧?没有被溺死的彼得斯被某个神秘人所杀,头还被砍了下来,苏联方面虽然想不通,但最后还是跟法齐奥先生一样,把注意力放在了杀人手法上面。他们大概觉得彼得斯虽然跑掉了,但在逃跑过程中运气不好,成了猎奇杀手的牺牲品。我特意去斯隆广场站看了铁管,非常结实,没有可以打开的地方,所以根本不可能发生有同伙在那里等尸体这种事。"

法齐奥怄气似的晃了晃身体。

"厄舍的计划原本是完美的。因为他自己身处绝对安全的范围内,谁都无法制裁他。他有其他特工提供的不在场证明,再加上尸体会漂在湖区的湖面上,不但不会有人对厄舍产生怀疑,还有可能让矛头指向长女夫妇。但彼得斯苏醒了,这是计划之外的事。"

"拉紧急制动阀也是捏造行踪的一环吧?"普莱森朵夫问道。

"是的。应该是他吩咐乘车的手下干的。"上尉停顿了一下,继续说,"当局甚至为彼得斯举办了假葬礼,他的家人自然是知道内情的。"

科尔特斯夫人恍然大悟地说:"原来是这样啊。先不管艾兴巴赫先生本人有没有察觉,他的调查中有一点引起了我的注意。原来如此,怪不得《英国鞋之谜》中,女儿们在葬礼上没有哭。我就觉得奇怪,怎么感情细腻的二女儿那么坚强……"夫人的语气中带着钦佩。

"您的观察力真是敏锐啊,科尔特斯夫人。彼得斯最后决定带着二女儿前往新天地,说是新天地,其实就是他的故乡。是的,就是美国。他还改了名字,Peters、Peter 或 Petros,在希腊语中有石头的意思，所以他现在改名叫斯通（Stone）了，还把标志性的红头发染成了黑色。"

说到这里，藤野上尉的表情突然变得有些失落。

"然而，彼得斯的人生再次迎来了黑暗。九年前发生的事不仅这一件，还有希特勒重占莱茵兰和柏林奥运会。不管大家愿不愿意承认，这两件事都振奋了德国的国威。各位应该都知道吧，在这个德国的鼎盛时期，一九三七年，兴登堡号遇难了。我当时在华盛顿，为了探寻那次事故的真相进行了大量调查，到最后也没有查出确定的答案。也有可能那真的只是一起单纯的事故，因为使用的是危险的氢气，随便被什么东西引燃，瞬间就全完了。也有人怀疑那会不会是斯大林为了让纳粹威信扫地设计的阴谋，但没人知道真相究竟是什么。只是，不知是不是偶然，改名为斯通的彼得斯和他的小女儿就在那架飞艇上。"

"真是可怜。"

普莱森朵夫和科尔特斯夫人都皱起了眉头。

"这里就轮到艾兴巴赫先生出场了。我猜测，被传得面目全非的彼得斯谋杀案勾起了他的兴趣。当时他在伦敦的大学里任客座教授，当然也会看报纸，于是在上面发现了写着'丹尼尔·雷恩'这个名字的纸片。'这完全是个偶然吗？不，不对，更有可能是被杀害的彼得斯在某个机缘巧合下得知了这个在厄舍宅邸举办的聚会上出现的名字。'这应该就是他当时的想法。也就是说，他认为凶手极有可能就是当天参加聚会的众人中的一人。他根据公开的情报，绞尽脑汁将整个事件拼凑起来，并得出了结论。"

上尉对凝视着自己的科尔特斯夫人报以微笑，继续说："他得出的第一个结论，是凶手就在参加聚会的人之中。但他查到的嫌疑人是另外三个人。第二个结论是，尸体是通过地下河进行搬运的,但只有环境证据。第三个结论是,除了前往卡莱尔方向,彼得斯还留下了其他行踪。他很想报警,但缺乏确凿的证据。日子就这么一天天过去了,事件始终没有得到解决。突然,他有了一个想法:只要把这件事写成小说就行了。凶手应该就是成员中的某个人,轮到自己出题的时候把这件事抛出来,凶手肯定会露出狐狸尾巴。"

说罢,上尉避开夫人认真的视线。"他似乎非常沉浸于这一计划。战争爆发导致计划无限期中断,英伯特先生和拉登胡伯先生的不幸离世,都没有让他放弃。拉登胡伯先生没有参加在厄舍宅邸举办的那次聚会,所以他不是凶手。也许会是英伯特先生,但他已经病死了,所以暂时先把他排除。如果真的是英伯特,这次就会扑个空,那也没办法。他找来普莱森朵夫做助手,为了让凶手掉入陷阱,还想出了两人饰演三个角色的点子。因为这样的话他就能藏起自己,就算凶手选择杀他灭口这个非常手段,他也不会有危险。他相信,凶手肯定会采取行动。"

普莱森朵夫默默点点头。

"出乎预料的是厄舍棋高一着。厄舍是成员中唯一以前来过这里的人,那次来的时候他或许就已经发现图书室能通往阁楼的秘密了。而且,早在接受这次邀请的时候,他可能已经预料到艾兴巴赫先生有可能会在推理游戏这个环节与他一决胜负了吧。厄舍大概是这么想的:虽然在尚未破案的彼得斯谋杀案上艾兴巴赫怀疑的对象不是我,但说不定他在怀疑我是苏联间谍呢。"

上尉边说边坐在旁边沙发的扶手上。

"于是,他决定顺水推舟,先下手为强。万一艾兴巴赫先生采取的行动正如他推测的那样,就灭了他的口……在这种城堡似的建筑里杀人,凶手自然就在城堡里。不过同样,在这样一个封闭的环境里,只要有确切的不在场证明就不会被怀疑。他有王牌,那就是乔装打扮成警察的特工是他的同伙。厄舍是第一个抵达别墅的,假警察应该是跟他一起来的,之后就一直躲在别墅附近。我认为最大的可能是躲在厄舍的车里,这么冷的天也是难为他了,还下着雪……

"只看了一眼问题篇,厄舍就知道他的推测是正确的。虽然不知道艾兴巴赫先生查到了多少,但万一有人解开谜题,自己就会有危险。于是,他决定实施计划。等所有人都回到自己的房间后,他就偷偷把假警察带了进来。吃完晚餐他说过要去车里拿东西,应该就是去接假警察了,因为那段时间其他人都在努力消化问题篇的内容,不会到楼下来。只是他不清楚艾兴巴赫先生会采取怎样的行动,所以他提前准备好了说辞,应对万一被发现的情况。我猜测,厄舍在确认艾兴巴赫先生或普莱森朵夫先生去了图书室之后,就堂而皇之地把假警察带到别墅内。当时他多半已经看穿了普莱森朵夫先生是在一人分饰两角,假设他也知道机关的事,就能很轻易地猜到他们二人是去了阁楼。虽然不知道假警察那段时间藏身的具体地点,但客厅到图书室中间有好几个房间,餐厅也可以,之后只要等待时机就行了。

"问题是犯案时间。如果他不在十二点前动手,很可能就无法利用连接阁楼的图书室了。实际上的确如此,普莱森朵夫先生刚刚离开图书室,星野先生就出现了。"

"我有个问题,虽然对普莱森朵夫先生有些冒犯。我想问,他们就没想过十二点前把两个人都杀了吗?"

对于法齐奥的疑问,上尉答:"做不到的。那个时间所有人都没有不在场证明,因为都在阅读问题篇的内容。在那个时间下手,厄舍就会成为嫌疑人之一。"

"原来如此。"法齐奥重重地点了点头。

"在验尸结果出来之前还不能断言,不过我猜测,假警察应该是在星野先生离开到法齐奥先生进入图书室之间的那段极短的时间里爬上梯子,实施了犯罪。就算法医推断出准确的死亡时间,厄舍也可以说自己当时跟科尔特斯夫人在一起,第二天早晨才联系的假警察……"

普莱森朵夫问:"假警察是从哪里冒出来的?"

"发现艾兴巴赫先生失踪之后,我们所有人都去寻找了,厄舍当时头一个冲出了别墅,还记得吗?那个时候外面应该还残留着前一天晚上他把假警察带进来时留下的足迹。即便假警察是踩着厄舍的脚印走过来的,也可能会有不自然的地方。所以,厄舍最先跑到停车的地方,目的是为了毁掉假警察留下的进入别墅的足迹。他做事真的很谨慎。这下,就算有人外出确认足迹,也不用担心了。而且他还有第二个目的。当时厄舍和真正的星野先生绕着别墅走了一周,那时他非常慌乱,对吗?于是别墅周围又留下了很多杂乱的脚印。"

"那些足迹是他故意留下的……"

"没错,普莱森朵夫先生。还有,我之后会再解释为何有留下新的足迹以便确保路线的必要。"

"路线?去哪里的?"这次提问的人是兰斯洛特。

"我马上就要说到了……"藤野上尉清了清嗓子,"假警察杀人后一直藏身在别墅里,我猜测他应该就躲在那个阁楼房间的暗处。"

"跟被自己杀掉的人一起吗?"

"普通人肯定无法忍耐,但他受过专门的训练,早就对尸体司空见惯了。厄舍则在那个时候宣布自己报了警,做法甚至有些牵强。"

"真的很牵强。"回想起当时的情景,普莱森朵夫附和道。

"在不知主人被害、担心惊动警察的拉登胡伯,也就是普莱森朵夫先生表示了抗议之后,厄舍依然报了警。实际上,厄舍是通知了躲在阁楼里观察的假警察。"

"当时他突然站在门口,原来不是去打电话,而是去打暗号了啊。"法齐奥嘟囔着。

"是的。因为如果警察不出现,好戏就没法开场。然后接下来,警官登场了。"

"他是怎么过来的?"

"阁楼的天花板附近有个窗户吧?从那里钻出阁楼……"

"窗户不是从里面锁上了吗?"

"乔装成警察进来之后,他是第一个冲入阁楼的,是他自己锁上的。因为从里面上锁的话,就没有人会想到有人曾经从那个窗户出去过。他从屋顶绕到塔后面,顺着安装在那里用来作业的梯子下到地面。厄舍在那里也下了功夫,在假警察登场前,他利用找人的机会绕别墅一周,用自己的脚印为假警察准备好了逃脱路线。这就是我刚才提到的路线。之后,假警察沿着足迹绕过塔,走到别墅正面,然后朝外倒着走。走到外面之后他稍微等了一会儿,接着就又大摇大摆地踩着自己的脚印回来了。这时候,就算有人出于好奇走到别墅外面调查脚印,也只能看到往返于厄舍的车的足迹、绕别墅一周的带状足迹、爬上别墅塔形建筑的痕迹,以及从外面走到别墅正门的假警察的足迹,根本不会起疑。"

"真是做得滴水不漏啊。"法齐奥不甘心地摸着自己凸起的肚腩。

科尔特斯夫人说:"要是有人追着足迹再走远一些,就能知道那个警官不是从外面来的,而是从里面来的了。"

法齐奥也说:"当时那么做就好了。"

"没用的,假警察肯定会以'担心凶手跑掉'为由,不允许有人那么做。"上尉竖起右手的食指否定道,"只不过,这个精心设计的诡计也有一瞬间的弱点,那就是假警察走到别墅正面后朝外倒着走的时候。这段时间是最危险的,只要被人看到,计划就泡汤了。"

"这倒是。本该英姿飒爽地从外面走进来的警官,却在摇摇晃晃地倒着走,那不是成了笑话吗?"

"于是厄舍负责把风。假警察倒着走的那段时间厄舍一直霸占着窗边,就是为了不让别人看到外面。"

"啊,对啊!"我惊叹道,之前完全没想到会是这样。

"接下来,厄舍和假警察就开始了他们的表演。讨厌德国的厄舍和'希特勒万岁'的警官,谁都不会想到这两个人是同伙。这也是一种心理诡计。"

法齐奥应道:"嗯,彻底被他们骗了。"

"同时,厄舍还必须以侦探的身份解开小说中的谜题。因此,他选择第一个发言,这样可以降低暴露的可能性。他用非常容易发现且没有实质危害的水之诡计渡过了危机。"

"但还是被看出来了。"法齐奥感叹道。

"原本英国和美国方面就都盯着厄舍,这次他的行动很可疑,于是当局就想派人来看看。一般来说,需要在封闭空间中与陌生人共处的话,最好选择任谁看来都是局外人的面孔比较好。正如大家所见,横看竖看都是个日本人的日裔美国人我就被派来了。"

藤野说完露出微笑。"不过我真的是漏洞百出,包括被真正的星野先生指出来的铁路公司那件事。"

普莱森朵夫似乎没有听明白，问："怎么说？"

"在他们大概排练过很多次的剧本中，假警察原本会消失得无影无踪，杀害艾兴巴赫先生的嫌疑会落到假警察或别墅里没有不在场证明的某个人头上，大家无论怎样都不会怀疑到厄舍。不过遗憾的是，假警察说错了一句话。"

听到这里，我重重地点了点头。

"星野先生，看来你已经想到了，请替我说吧。"

"谢谢你给我这个机会。漏洞就是假警察准备逃离这里的借口。我想，在他们的计划中，应该没有料到会有这么一场大雪。如果没有积雪，或许就真的需要有人去给之后赶来的技术人员带路。但积雪这么厚，雪地上会留下假警察来时清晰的脚印，之后来的人都可以跟着脚印找到别墅。所以他只要在电话中说'循着我的足迹过来吧'就足够了，根本没必要去接。"

"就算不打电话也能找到这里来啊……"法齐奥懊恼地小声说着。

"正是如此。不过，想必厄舍和假警察都很吃惊吧。"

我问："被带走时说的话吗？"

"是的。谁会想到艾兴巴赫先生用来做饵的《解答篇》的信封居然是空的，他只写了《问题篇》。"上尉的脸上挂着微笑，"不过，在各位的努力下，这份空白已经被填补上了。相信艾兴巴赫先生也会很欣慰吧。"

上尉的说明到这里就结束了，所有人都长出了一口气。与其说是叹息，更像是松了一口气。

上尉先后看向我、科尔特斯夫人、兰斯洛特、普莱森朵夫和法齐奥，眼神充满理智。

终于恢复精神的普莱森朵夫战战兢兢地问:"事情到这里就结束了吧?应该没有反转了吧?"

藤野上尉微笑着回答:"我想应该没有了。"

听到这个答案,所有人都终于放松了。名侦探们相互点了点头。

科尔特斯夫人走上前说:"藤野上尉,我有件事想拜托你。"夫人面带微笑地看着我和上尉。

上尉微微歪着头问:"什么事?"

夫人语调优雅地说:"我们想邀请你们二位加入俱乐部,成为正式会员。"

挑战书

这就是我的手记和整件事情的始末,不知您做何感想。

《英国鞋之谜》和发生在德国南部别墅里的杀人案之间密不可分的关系已浮出水面,并得到了解决。

但是相信聪明的您已经发现了吧?手记里藏着一个巨大的秘密。

恕我直言,您才刚刚来到入口。

不知您能否穿过大门,走到终点……

我再次保证,您手上箱子里的资料包含所有揭开秘密的线索。

遗憾的是,我无法亲自去确认您能揭秘到什么程度了。

我期待您能在某一天彻底揭开秘密,让您与我之间的那根超越时空的线——"阿里阿德涅之线"——连接在一起。

回到日本后我会设下一个机关,每年都为未来的您提供一次窥伺大门内部的机会。三月的最后一天,下午三点。只在那一刻,将"迷宫的使者"送到您的世界。

地点呢?

从城堡逃出来的四个人去往的地方。

那座山的西边有什么？
日本的天国。旗帜上的符号。
再往西有什么？

您会在那里遇到我的"使者"。

宴会结束

我去了洛桑，但星野的手记还在脑海中打转。

豪华酒店的会议厅面向湖景，可惜的是，为了播放幻灯片拉上了窗帘，否则透过窗户可以将美丽而宁静的湖面尽收眼底。没有风，湖面如同一块玻璃。数道慈爱的阳光照射下来，宛如来自天国的阶梯，仿佛站上那光之阶梯就会被送到天上去。我感受着这份宁静，似乎心灵都得到了洗涤。

只是手记的内容依然挥之不去。平时站在大学讲台上的时候，我经常会提醒那些开小差的学生，今天自己却变成在台下听讲时开小差的学生。欧美著名大学的教授已开始演讲，我却还在一门心思地想着谜题。

学会一结束我便赶往蒙塞居尔。那里原本就是我的目的地，但在看了星野的手记后，这趟蒙塞居尔之旅又多了一层特别的意义。

我乘上从日内瓦开往法国的列车，穿过普罗旺斯，进入朗格多克地区。风景越来越贴近牧歌中唱的那样，地势也愈发险峻。经过卡尔卡松，继续往蒙塞居尔方向进发，最后我终于站在了能望到山顶城堡遗迹的山丘上。

天空晴朗，万籁俱寂，自然的气息拂过，没有任何声响。

我深吸一口气又吐了出去，冰冷的空气进入肺部。

刀砍斧剁般陡峭的岩壁屹立在眼前，不知为何，我竟热泪盈眶。或许这份感动只属于对这个地方怀有复杂感情的人吧。

清洁派遭遇围城战的山顶城堡，重重包围的攻城军队，战马的嘶鸣声，男人们粗野的叫喊声，武器的碰撞声，还有投石器投出的巨石……

七百多年以前的光景慢慢地在我眼前展开。

三月一日，城池陷落后，对方出乎意料地提出会对教众宽大处理。只要舍弃对异端教派的信仰，在宗教裁判所承认自己的"罪行"，就会被释放。

但在停战两周后，信众们没有选择改变信仰，而是选择了殉教——自焚。

一二四四年三月十六日，清洁派灭亡。

三月十六日这个日期多次出现。星野指定在苏黎世的画廊展示画的日子是这一天，我被展示在窗边的他的画吸引驻足也是在这一天。

科尔特斯夫人著作中的"三层构造"在我脑中闪过。根据手记中的记述，大家只看出中世纪法国修道士W和现代的丹尼尔·雷恩这两层构造。

解开另一层的关键是标题中也出现了的"一二四四年"……

我拿出放在箱子里的蒙塞居尔的照片。

飞机飞过那座圣山上空是在一九四四年。飞机为什么要飞到那里去？为什么必须是三月十六日。

（等一下。）

能不能从飞机的行动推理出什么呢？想得简单一点儿，飞机在空中画下"十字"，应该是在"祭奠"什么。

关键在于三月十六日这个日期。德国击败法国是在一九四〇年，飞机在一九四一年应该也往那边飞过。为什么是一九四四年……问题在年份上。从一二四四年算起，刚好是第七百个年头。

答案是这个吗……

那飞机为什么要去中世纪灭亡的异端教派的圣地？

我陷入沉思良久，终于得出一个推论。

是不是跟清洁派信奉善恶二元论有关呢？纳粹主义宣扬的种族纯粹主义引发了对犹太人的虐杀。纳粹主义信奉善恶分明，善的是德国人，用希特勒的话来说就是雅利安人[①]，同时要将恶从这个世界上抹除，于是进行了种族大屠杀。清洁派禁止杀生，不能跟纳粹相提并论，但在将犹太人和共产主义者视为恶的象征而加以镇压这一点上，纳粹主义与清洁派的善恶二元论——善与恶的针锋相对——是相通的。于是，对清洁派有着强烈共鸣的纳粹在那一天让飞机飞到那里画下十字，以表祭奠之意吗？那是德国的军用机……

环环相扣，让我想起了保罗·德尔沃那幅画中画的《叙述者》。

手记最后提到的"四名使者"，毫无疑问就是从蒙塞居尔城里逃出来的那四个人。星野的画中也有所描绘，据说他们是历史上真实存在的，但谁都不知道他们逃去了哪里。

可以看出是往西边逃的，只是这个西指的是……

我展开地图，找到蒙塞居尔后用手指指着，然后移动手指，往西挪动……

[①] 雅利安人，原是世界三大古游牧民族的其中一支分支，意为"有信仰的人"或"高尚"，后被纳粹曲解为"高尚的纯种"。

※

距离能遇到星野指定的"迷宫使者"的三月三十一日还有三天。

我终于搞清楚了，那个地方就是日本。于是我带着这个巨大的谜题，坐上了从巴黎飞往羽田机场的飞机。

耳边听着飞机引擎的轰鸣声，我拿起一杯由伏特加与杜松子酒等比调成的马提尼，打开读书灯，在小桌上摊开资料。大概是因为精神高度集中，我没有一丝睡意。

飞机将于三月二十九日抵达羽田机场，按照星野所说，我将会在两天后遇到"使者"。要是这次错过了，就要再等一年。

（简直就像牛郎和织女……姑且不论对方的性别，一般"使者"都会是老人吧。）

想到这里，我的嘴角不自觉地上扬，露出自嘲的笑容。还有十五个小时就到羽田机场了。

星野究竟是何方神圣？我不认为他只是一名单纯的画家。他博闻强识，喜欢卖弄学问。战争期间他好像在欧洲做过些什么。柏林、伦敦……在战争期间留在敌国首都，这本身就令人费解……

这本手记又是出于什么目的写成的呢？

我抱着胳膊，陷入沉思。

乍看之下事件似乎解决了，但不用看星野的《挑战书》我也知道，其中还隐藏着巨大的秘密。

说起来，这简直就像是为我量身打造的。在怎么想都只可能是个偶然的情况下，我遇到了为我而写的手记。星野在那栋别墅里遇到的事件，摇摆在偶然与必然之间，全文有多处奇怪的地方……

不能着急，必须稳扎稳打地一个一个解决。

我用拳头敲了敲额头，拿出纸笔。

随便找一个试试看吧。谜题有很多，错综复杂地纠缠在一起，最先解开的是艾兴巴赫的《英国鞋之谜》，但文中还有很多未解之谜。

（彼得·罗伯茨为什么会不喜欢约翰·克莱？）

《英国鞋之谜》中说罗伯茨很在意自己的红发。即便不是福尔摩斯系列的爱好者，对推理小说多少有些了解的人也会发现，这篇小说中充满了与福尔摩斯相关的元素，而且舞台也是在伦敦。

约翰·克莱？

（啊！）

是在《红发会》里欺骗主人公杰贝兹·威尔逊并盗窃银行的罪魁祸首。

（这么说来……）

罗伯茨的祖父后来搬到了堪萨斯州的黎巴嫩镇，和《红发会》的地名对上了。等一下，我好像在哪里听过这个地名。估计只是一个大草原上的平凡小村镇吧，为什么我会记得？

我慌忙取出前方座椅口袋里的航空公司的小册子，翻到印着航线图的那一页。

遗憾的是，上面只有北美大陆，却没有堪萨斯州的详细地图。

（我记得堪萨斯在中间位置……）

用手指指向记忆中堪萨斯州所在的位置，我不由自主地笑了。

对啊，怪不得我会记得，堪萨斯州的黎巴嫩镇在地图上位于美利坚合众国的中心……

这大概是想在大城市出人头地却梦碎的迈克尔·罗伯茨最后的倔强吧，因为他当上了"位于美利坚合众国正中央的英国餐馆"的经理。

（对了……）

提到克鲁的时候也有一段不可思议的对话。海伦·斯通纳？好像也在哪里读到或是听到过。海伦……很常见的女性名字。母亲在铁路事故中死亡？

原来如此，是《斑点带子案》。

*

除此之外，还有一些考验读者知识储备的暗语。

暗示威尼斯的线索和小道具曾多次以不同形式登场。圣马可、威尼斯的狮子徽章、达涅利酒店。威尼斯是欧洲文艺复兴时期出版业的重镇，丢勒和瓦格纳都爱威尼斯，也曾在那里居住过。斜体字和文库本的发明人，也是当时的一流出版商，名叫阿尔都斯·马努求斯，他的商标是"海豚"在"锚"上嬉戏，"锚"代表正确，"海豚"代表智慧和速度。法齐奥的笔名也是由这个故事而来吧。这肯定是在考验读者的欧洲史知识储备。

那么活泼的天使（Cheering angel）和弗洛伦斯·南丁格尔（Florence Nightingale）呢？这是罗宾逊侦探给警长的提示，科尔特斯夫人以此为突破口发现《英国鞋之谜》是根据真实事件改编的。

正如她所说，变位词字谜才是连接小说与真实事件的关键。罗宾逊对警长说"跟警长的世界没关系"，正是暗示不是手记的小说"中",而是与现实世界有关系的伏笔。

FLIT ON CHEERING ANGEL

"轻飘飘地飞来,停在活泼的天使身上"吗?
弗洛伦斯·南丁格尔的英文是:

FLORENCE NIGHTINGALE

思考到这里,我不自觉地笑了。的确是复杂的变位词字谜。

可以肯定的是,作者期待读者在欧洲文化方面有很深的造诣,或是预测到会迎来这样的读者。只是,作者真的是艾兴巴赫吗?还是星野呢……

*

《英国鞋之谜》之后是星野的手记。

晚餐的部分。为什么要安排星野坐在那个座位上?那原本是已故的路易斯安那州大富豪英伯特的座位,为什么像是指定让星野坐在那里似的?肯定隐藏着什么信息。

我再次将当日的座位顺序顺时针排列,从文中的"那么,兰斯洛特先生先入座吧"这句话可以得知兰斯洛特的座位是基点。

兰斯洛特
厄舍

科尔特斯

星野（英伯特）

法齐奥

艾兴巴赫

拉登胡伯

假星野

假设假星野的座位是后加的，原本就是七个座位。特意安排星野坐那里，证明位置有着重大意义。会是什么呢？应该说明星野有资格代替在战争中不幸罹难的英伯特坐那个位置，准确地说，是星野谎报的名字有资格。

把所有人的名字用原文写下来吧。

```
Lancelot
Usher
Cortés
Ii (Imbert)
Fazio
Eichenbach
Rattenhuber
```

虽然不能确定，但应该是这么拼的。至少首字母是对的。

兰斯洛特戒指上的首字母是 L。厄舍是 U 开头，英文是 Usher，应该是取自埃德加·爱伦·坡的作品《厄舍府的崩塌》。这个单词起源于古老的拉丁语，原本的意思是"守门人"，所以法齐奥才会说那样的话讽刺站在门口的厄舍。

第三个是科尔特斯，文中说过科拉尔这个笔名和本名都是 C 开头。最大的难题是英伯特。他是路易斯安那州的大富豪，路易斯安那州的法律体系也是大陆法，受法国的强烈影响。也就是说，虽然他是美国人，实际上是法裔。法语中"英"这个发音……是 I，跟井伊（Ii）的首字母一致。井伊和英伯特。怪不得艾兴巴赫会那么开心，因为偶然出现了一个首字母相同的人。

法齐奥是 F。从兰斯洛特和厄舍的对话中可知，艾兴巴赫在德语中是橡木的意思。《给读者的挑战》里也有拼写，是 Eichenbach，所以他就是 E。科尔特斯夫人在念拉登胡伯的名字时发的是卷舌的 R。

把首字母连起来，我不禁笑了。

LUCIFER。基督教里的恶魔路西法。

除了首字母，还有其他隐藏信息吗？国籍又如何呢？

法国
英国
西班牙
（美国）
意大利
德国
奥地利

乍看之下没有关联，但如果把星野留下的那些线索加进去就不一样了。首先是厄舍，他的夫人是血统纯正的法国贵族出身。美国人英伯特的老家在路易斯安那州。艾兴巴赫是德国南部人。确定这三个事实后，七个人的共同点就浮现出来了。

答案是"七个人都是天主教徒"。

这正是科尔特斯夫人说过的共同背景。

法国、意大利、西班牙均是知名的天主教国家。

厄舍虽然是英国人,但他的妻子出身历史悠久的法国贵族,那么她的家族肯定世代都是天主教徒。也就是说,厄舍本人要么是不介意教派之别的进步派新教徒,要么也是天主教徒。再结合星野对厄舍的描述,他实在不可能是思想灵活的进步派。

美国人大多是英国移民,一般来说首先会想到WASP[①],但从英伯特这个发音来看,很明显是法裔美国人。所以说英伯特也是天主教徒。

艾兴巴赫又是什么情况呢?从天主教和新教的信徒分布可以看出,德国南部和奥地利居民基本都信奉天主教,所以他很可能也是天主教徒。

这份手记的主题果然是天主教,以及后来变成异端的清洁派。

还有好几个只有研究"中世纪欧洲的异端"的人才能明白的地方。

现在已知手记隐藏的主题是清洁派,那么之前提到的几个环境证据就都能解释清楚了。清洁派认为,信徒应该将人与生俱来的恶,也就是将物质世界的一切消灭,尽可能净化成灵体。就像罗宾逊说的,"把灵魂出卖给恶魔可不像基督徒说出来的话"。一般信徒为了得到救赎,死后必须徘徊于多具肉身,这又是极具东

---

① WASP,即White Anglo-Saxon Protestant,美国白人新教徒,原指殖民时代来自英国的移民,现泛指信奉新教的欧裔美国人。

方色彩的轮回思想。科尔特斯夫人说兰斯洛特是巴赫转世，普通的基督徒可不会相信什么转世。同样，戒律森严的清洁派信徒也不会吃肉和奶酪，这就是为什么饭菜像是给素食主义者准备的，连牛奶都没喝。搞不好那个好像地炉的暖炉也有什么特殊含义。

我又重新仔细看了一遍手记，发现故事里的主要登场人物，也就是开头介绍的那几个外行侦探，都没有亲手杀过人。是不是因为禁止杀生的戒律呢？

因为清洁派在中世纪就已经彻底消亡，所以没有把聚集在别墅里的成员设定成清洁派的信徒，但提示他们就是清洁派的线索随处可见，目的是为了引起读者的注意。

*

飞机在安克雷奇机场降落，加油后再次起飞，笔直朝着羽田机场飞去。

时间不多了。我坐在座位上伸了个大大的懒腰。

把目前为止收集到的信息再整理一下吧。

星野通过各种暗示欧洲的隐喻和故事考验我的知识储备，戏弄我，并且想以此强调大主题——天主教异端清洁派的存在。问题是那之后。

他到底想表达什么？莫非是想说几百年前就已经消亡的异端在现代又复苏了吗？

　　从城堡逃出来的四人去往的地方。
　　那座山的西边有什么？
　　日本的天国。旗帜上的符号。

再往西有什么?

四个人向西逃的目的地。地图上西边最有名的地名是"卢尔德"。

一八五八年二月之前,那里还是个位于比利牛斯山脉波溪谷无人知晓的小村落,直到十四岁少女贝尔娜黛特·索维罗斯在马萨比耶勒岩洞遇到了圣母玛利亚。自那之后,卢尔德成了天主教的圣地,会涌出奇迹之泉,每年都有大批信徒前去朝圣。

既然隐藏主题是天主教,那么"那座山的西边"指的应该就是卢尔德。

然后是"天国",基督教的乐园。日本曾经发生过的、企图实现天主教乐园的事件是什么?

基督教传到日本是在一五四九年……

(对啊!)

是岛原之乱。

岛原之乱发生于一六三七年,刚巧在德川幕府的中央集权制即将确立的重要时期。最初幕府认为只是当地农民组成的乌合之众起义,几天就能平息。而现实又如何呢?

当时天草估计有三四万人。以岛原和天草为首,男女老少共三万七千人聚集到了原城。幕府方面则动员十二万五千人,花了数月时间才将其镇压。

刚开始研究清洁派的时候我就想到了岛原之乱,真没想到会以这种形式跟现实连接在一起……

*

离开羽田机场,我没有回位于吉祥寺的家,而是直接赶往神田,到了神保町就钻进一家熟悉的旧书店。时间已经很晚了,我只得拜托店主开门,并提出要看岛原之乱相关的书籍。我一把从店主手上抢过书,只见封面上印着天草四郎的阵地旗。

我震惊了。

已经发黄的旗子上有一句葡萄牙语写的祝福语:

LOVVAD · SEIAOSĂCTISSIM · SACRAMENTO

意思是"请允许我赞美您的圣体"。

图的左右下角各有一个天使。

天使仰望的……不正是承接圣体和基督之血的"圣杯"吗?

我感觉浑身的力气都被抽走了。

传说中耶稣基督在最后的晚餐上使用的,并且在骷髅地被处决时承接他流出来的血的就是圣杯,安放圣杯的神秘城市叫作"圣杯城"。有传言说清洁派的圣地蒙塞居尔就是"圣杯城"。南法甚至还有这样的说法,说耶稣基督死后,抹大拉的玛利亚等人带着圣杯在马赛登陆,把它藏在了附近的岩洞中。

只是,这里有个难题。

没有证据表明圣杯真的存在。从宗教角度来说,基督的圣血极其珍贵,圣杯不过是圣遗物而已。清洁派不崇拜物质,既然如此,为什么他们会崇拜圣杯呢?

我不禁怀疑,这份手记是在研究圣杯是否真实存在过这一主题。别说威尼斯的圣马可了,中世纪的人们对圣遗物的崇拜真的非常狂热。

那么，这份手记的内容是真实的吗？还是幻想的历史呢……我的头开始疼了。

（等一下。）

说到有关欧洲历史的幻想就会想到什么？

说到圣杯传说就会想到什么？

艾兴巴赫为什么要在别墅里放瓦格纳的《帕西法尔》？

登场人物中某个人的名字也令人在意——兰斯洛特。

我明白了。

说到圣杯传说就会想到亚瑟王传奇。

亚瑟王的故事在欧洲非常有名，是日本人无法想象的程度，这也是中世纪以来欧洲人反复讲述的主题。亚瑟王这个人是否真实存在无人知晓，但正因为其足够神秘，才诞生了各种各样的英雄传记、恋爱故事和传说。亚瑟王传奇相当于日本的《义经传》，也就是传说义经和弁庆其实没有死，而是逃离日本去了大陆，成了成吉思汗的那个故事。所以成吉思汗的军旗才会是白色的，以及他对"九"的异常执着等。

别墅餐厅的桌子不是长方形而是椭圆形，是受圆桌骑士的影响吗？

还有，客厅里放的曲子是《帕西法尔》，那是传说中一位圆桌骑士的名字。

除此之外还有一位圆桌骑士，就是法国人兰斯洛特，英文是"Lancelot"。这是为了让我发现亚瑟王而埋下的伏笔吗？

科尔特斯夫人所说的拥有共同天主教背景的他们感兴趣的"历史上的谜团"，指的会不会就是跟亚瑟王有关的内容呢？立志学习西洋史的人都会对圣杯传说和亚瑟王传奇着迷。假设将美好天国的荣光在物质世界具象化后的产物就是圣杯，那么可以想象，对信仰在精神世界的清洁派的敬畏直接将这二者融合了。

对了，还有。

我慌忙从书架上抽出拉丁语词典。

别墅入口刻着的"VERBA VOLANT. SCRIPTA MANENT"是什么意思？

VERBA不用翻词典也知道是Verb的原型，"语言"的意思。VOLANT呢？我翻开词典，因为VERBA是复数、第三人称，所以后面的动词词尾发生了变化，是"飞散、消失"的意思。SCRIPTA是"写下的文字"的复数形式，MANENT是"留下"的相应变形。整句话的意思就是："即便语言消失，写下的文字也会流传下去。"

所以才留下了这份手记……

手记的章节用的是希腊语，还有卢恩字母①。

我感觉自己越来越接近秘密的腹地了。

（只是……）

星野的手记究竟是怎么回事？他为什么要使用欧洲的各种语言来隐喻圣杯传说和亚瑟王传奇？

德国南部的那起案件真的发生过吗？

他到底想告诉我什么？

将要遇到的"迷宫的使者"又会带我进入怎样的迷宫呢？

*

---

①卢恩字母（Runes），一类已灭绝的字母，诸多北欧民族都使用过它来记录资讯，其中尤其以维京人最具代表性。

星野在手记中指定的与"迷宫的使者"相遇的地点是哪里呢？我得出的结论是长崎县的五岛列岛。

日本的天国。旗帜上的符号。

再往西有什么？

如果说岛原之乱发生的舞台原城是日本的天国，在地图上以岛原为起点往西画一条直线，就会指向五岛列岛。那是隐秘的天主教之乡。

第二天，三十日，我一大早就乘上了飞往福冈的飞机。

飞行了一个半小时后，透过窗户可以看到玄界滩了。大概是时差造成的疲劳，眼睛深处隐隐作痛。我闭上双眼。

瞬间，三百二十年前的情景栩栩如生地在眼底显现。

被称为"哎呀风"的西北风从有明海上呼啸而过，浪头猛烈地拍打着，发出轰鸣声。被天主教奉为"信仰之峰"的云仙岳上空笼罩着乌云。

西九州一带经受了长达三年的大饥荒和领主松仓胜家的暴政。

一六三七年六月暗中开始的天主教复兴行动，在进入十月后突然告急。益田甚兵卫好次的二儿子四郎时贞于天草市大矢野町的宫津天主教堂被拥立为首领。

四郎时贞，也称天草四郎，于十一月横渡有明海，其间不合时节的樱花胡乱绽放着。在大江之滨召开的军事会议上，众人决议建立天主教国家，一个只属于谨遵上帝教诲的这几万人的 Repubblica（共和国）……

反复读着百姓们装订起来的 *Giuramento*（《誓词》），天草四郎再次坚定决心，要成为救世主。

天主教徒们终于奋起反抗，起义军如燎原的野火般迅速扩张。

十二月清澈的天空下，众人于城堡遗址原城集结。几百几千面旗帜在断崖上飘舞，到处都立着十字架，守城战即将打响。

幕府没想到事情会闹得这么大，决定派兵镇压。

攻城出乎意料地艰难。农历十二月十日，锅岛、松仓两军率先尝试进攻。但由于守城军士气高昂，进攻的士兵败退，死伤惨重。之后幕府调集久留米藩、柳川藩两军同时进行海上封锁，二十日的太阳升起的同时，众将士发出呐喊声，发动总攻。

天主教徒非常顽强。弓箭、步枪、石头像雨点一样轮番上阵，近距离瞄准爬上来的幕府士兵。子弹和箭矢仿佛被吸引般朝着幕府士兵的身上飞去。

老中松平伊豆守[①]从京城赶到之前，元旦幕府军再次发动总攻。石火矢和步枪的声音不绝于耳，进攻的敌军虽然靠近断崖，但依然无法摆脱城内炮火的洗礼。酉时四刻，攻方总大将板仓重昌中弹身亡。

这一天的攻防战以幕府军败北落下帷幕，死伤约四千人。

正月四日，老中松平伊豆守抵达战场，迅速强化包围圈，勾结荷兰军舰从海上发动炮击。"德·莱普号"从平户返航，十五门大炮喷吐着火舌。城堡内的人应战，一名荷兰副炮手战死。

箭书往来的心理战一直没有停歇，守方渐渐被逼入绝境。最主要的原因是粮食短缺，令起义军陷入困境，殉教的意志越来越坚定。

阴历一六三八年二月二十七日，攻方锅岛军发现外城防守薄弱，采取集中攻击。以此为信号，诸大名的军队开始同时攻城。

[①]松平伊豆守（1596—1662），全称松平伊豆守信纲，为幕府三代将军德川家光的重臣，官至老中。

经过一番激战，攻方于当天下午三点攻入城堡中心区域。

天主教起义军拿起身边的一切武器应战，从城墙上丢下点燃的木头，朝幕府军泼洒滚烫的灰烬。

日落之前，攻方终于占据了中心区域的一角，Ave Maria[①]的旋律空洞地回响。

翌日，攻势再次展开，幕府军跨过满地天主教徒的尸体不断前进。

战火的硝烟和朝雾散去，一栋烧剩下的巨大房屋出现在幕府军眼前。

高高的石墙和保护大屋的巨型松木……

幕府军终于来到了天草四郎的宅邸。

与十字军和圣女贞德的军旗并称为世界三大圣旗的阵中旗，纱绫形纹样上点缀着菊花的绉绸，此时旗帜上面残留着血迹和弹痕……

为了斩草除根而虐杀坚守原城的天主教徒的场景，和在蒙塞居尔山脚下巨大木栅栏中集体遭受火刑的清洁派信徒——清洁派的最后一战……两幅画面在我的脑海中重叠在一起。

飞机着陆时的轻微冲击把我惊醒。我慢慢睁开眼睛，意识瞬间回到了现代。

---

① Ave Maria，圣母颂，天主教经典歌曲之一。

*

　　板付机场的前身是旧陆军的席田机场，战后被美军接收，一直作为他们的军用机场使用。据说是因为原来的名字外国人念起来很费劲，所以改成现在这个名字。

　　不过，战后没过多久，民营航空公司的飞机也投入使用，现在这里已经成了九州的大门。这次我的目的地是长崎，所以要先飞到板付。

　　不知道日本政府有没有在长崎建机场的打算，不过考虑到那一带的地形，不填海的话恐怕没有合适的地方。

　　从福冈到长崎要坐火车，当天我就在长崎住了一晚。

　　翌日，我先乘船前往福江，再从福江开一段车。福江周边人烟稀少，非常荒凉。

　　从蒙塞居尔到五岛，存在于地球两端的两个天国……

　　我的目的地是岛的最西边。时不时透过窗户看看海，不知为什么海水的颜色那么深，是因为这座岛上有历史的刻印吗？

　　车终于驶入玉之浦，据说这里是古代日本的大门，遣唐使也曾在这里逗留……

　　终于，我来到了目的地。

　　从车上下来，四周渺无人烟。春日的暖阳照耀着地面，虽然比不上夏天，但已经足够温暖。

　　我瞪大眼睛站在原地。

　　这里有"卢尔德"。

　　我翻开带来的旅游手册，上面介绍这里是佩鲁神父提议设立的，是日本最早的卢尔德。信徒们从五岛各地搬来奇石怪岩，还混入了从真正的卢尔德带来的泉水。

我的眼睛始终无法从卢尔德的玛利亚像身上移开，过了好一会儿才转移到一旁的教堂。

那是一座有巨大拱窗的罗马风格教堂，是一百多年前，也就是明治三十年，五岛这个地方的第一幢砖建筑。岛原之乱过后，随着明治维新后的开国及其带来的信仰自由，沉沦了很长一段时间的天主教徒们才终于再次回到了世界的舞台上……

表针指向两点三十八分，周围还是一点儿人的气息都没有。

我试着推开教堂的门，没有上锁，我便直接走了进去。

空气有些潮湿，教堂里也是一个人影都没有……有很多供信徒坐的座位，我在一个比较中间的位置坐下。

我重重地叹了口气。终于来到这里了，只是……"使者"在哪儿呢？

我看了看表，还有二十分钟。很快，迷宫尽头的真相就会浮出水面了。我跋山涉水来到这里，就是为了看看那到底是什么。

我打开自己带来的水壶，直接对着嘴喝。一口，两口，水通过喉咙，我的心情却不但没有平复下来，反而更加激动。我闭上眼睛，努力抑制亢奋的情绪。

就在这时，我感觉到礼拜堂的门开了，有人走了进来。可不知道为什么，我的眼睛睁不开。大概是因为这里没有其他人，脚步声坚定地朝着我靠近。

是女人吗？

出乎意料，因为我一直以为今天出现的会是一位白发苍苍的老人。

脚步声停在我的面前。

仿佛刚刚向上帝祈祷完，我睁开眼睛，猛地抬起头。

*

真是太意外了。有一瞬间我还以为卢尔德的玛利亚像成了有血有肉的人，降临现世了呢。

柔顺的栗色秀发，碧绿清澈的眼眸，知性睿智的笑容。但她的眼中没有笑意，而是在燃烧……为什么……

白色短袖衬衫，粉色短裙。裙子短的程度应该是受那个叫崔姬的模特的影响吧，因为有传闻说她会来日本。脖子上戴着金色的项链。整体穿着打扮给人一种精致时尚、干练洒脱的感觉。

"对老师您来说，我们是初次见面。我叫星野惠梨香。"她微微点头，打了个招呼。

"星野……莫非你是……"

"是的，星野泰夫是我的父亲。吓到您了吗？"

"嗯。可是你……是日本人？"

这个问题问得连我自己都觉得莫名其妙。

但她马上就明白我想说什么了，答道："我母亲是法国人……"

"哦，原来是这样……"

她扑哧一声笑了，脸上浮现出酒窝。"老师，您真是了不起。"

"什么意思？请详细解释一下这究竟是怎么回事？你就是'使者'吗？你的目的是什么？"

面对我像机关枪似的质问，她只是笑笑，没有说话，接着从挎包里拿出一本杂志，翻到印着我照片的一页。

"老师您经常去苏黎世的火车模型店，还有正在研究清洁派这件事，这本女性杂志的采访中都提到了……手记的主题也是清洁派，所以我认为，老师您正是家父一直在寻找的那个人。"

"你父亲寻找的人？这是什么意思？"

"请问，我可以坐下吗？"

由于兴奋，我都没发觉她还站着。

"当然。不好意思，请坐。"

我往里坐了坐，她的动作很温柔，像是滑进座位似的坐了下来。淡淡的香水味钻进鼻腔。

这是供信徒坐的，无法面对面。于是我朝她的方向微微倾身。

我们对视着，我感觉要被她那碧绿清澈的双眸吸进去了……赶紧做了个深呼吸之后，我稍微冷静了一些。

"告诉我，这到底是怎么回事？"

"一切都开始于家父的遗言。"

"遗言？"

"是的。您知道我父亲的情况吧？"

"我对绘画有一定的了解，在法国能跟当地画家获得同等待遇的日本画家，也就是藤田和你父亲了。"

"听到您这么说我真的很开心。手记中也提到了，战后不久家父就带着母亲和我回了日本。回到日本之后他依然整日面对画布，然后在十年前去世了。"

"那如今……"

"我和妈妈两个人生活。"

"刚刚你说你的母亲是法国人？"

"她生长于诺曼底地区，战争期间与家父相识。"

"在巴黎吗？"

"不，是在曾经被德军占领的一个叫根西岛的地方。"

（根西岛？）

那是位于诺曼底半岛海域、英吉利海峡群岛的第二大岛，靠近法国海岸线。为什么会是在那里……

"这件事我稍后会进行说明。家父虽然很严格，但总是将家人放在第一位，又很专一，在我心中他是一位完美的父亲。真想继续跟他一起生活啊。"

"遗憾的是，他生病了。"

"是的。具体得的是什么病我也搞不清楚，反正是肝脏功能逐渐失调恶化导致的。后来连维持日常生活都变得越来越困难，于是我们决定让他住院。但进了医院后病情也没有任何好转，他日渐消瘦，脸色也越来越差，我们都知道家父的身体一天比一天虚弱了。"

"我和妈妈轮流去医院照顾他。那天轮到我，他大概是感觉舒服些，就坐在床上。看到我穿着志愿考入的中学的水手服，他格外开心。突然，他说了一些奇怪的话。"

"奇怪的话？"

"现在想来那应该就是他的遗言。"

"你父亲说了什么？"

"他先问了一句：'惠梨香，你今天也随身带着福尔摩斯吗？'"

"福尔摩斯？"

"是的，我从记事起就喜欢侦探小说，家父回国时带回来的行李中就有福尔摩斯和鲁邦的原著，只要有时间我就会拿来看。"

"看来你在外语方面很有天分啊。"

惠梨香轻描淡写地答道："平时在家我们说法语，后来我又去美国的学校读过一段时间书。"然后继续刚刚的话题，"于是我就从手提包里掏出《福尔摩斯短篇集》拿给家父，他眯着眼睛说：'惠梨香，你或许可以解开。我有个不得了的谜题。'"

"不得了的谜题？"

"是的。他说：'知道吗，爸爸啊，在欧洲的时候被卷入过一个大案子里呢。'"

星野惠梨香的视线突然从我身上移开，越过我的脸看向远方，像是要把当时的情景一点一点从记忆深处挖出来，继续为我讲述。

*

"惠梨香，你听好，爸爸或许活不了多少日子了。"

惠梨香想要摇头否定，但被泰夫制止了。他继续说道："我自己的身体我最了解。不说这些了，今天有些话我无论如何都要告诉你。战争彻底改变了我的画家生活，不过幸运的是，那个时候虽然很辛苦，但现在回想起来，的确是一次紧张刺激的人生体验。我还遇到了你妈妈，后来又有了你这个世界上任何东西都无法替代的宝贝。人生真是奇妙啊。"

泰夫轻咳了两三下，在床上坐正，说道："实际上，爸爸迄今为止有过两次被卷入大案的经历。"

"大案？就像福尔摩斯那样？"

泰夫开心地笑着。"或许比小说里的更厉害哦。福尔摩斯是虚构的，爸爸那两次可都是真实发生的。而且爸爸还解开了谜题。"

"爸爸是侦探吗？不是画家吗？"

"当然是画家啊，爸爸去了欧洲之后就一直是画家，只是偶然担任了侦探的职务。"

"是什么样的案子？最后解决了吗？"

"不错,不错,你的眼睛开始发光了,惠梨香果然继承了爸爸的血脉。后来发生的案子顺利解决了。"

"真的吗?爸爸好厉害。给我讲讲吧,是什么样的案子?"

"是战争刚刚结束没多久,发生在德国南部的一栋别墅里的离奇杀人案。"

说着,泰夫身体往左歪,从床边的小抽屉里拿出两本厚厚的装订起来的信纸。

"这是有关案子的手记。为了区别两起案子,这本就叫《第二手记》吧。"

"好想看。"惠梨香探着头说。

泰夫却微笑着摇摇头,又把手记放回抽屉里。"暂时还不能给你。你需要学更多的知识,再长大一点儿才行,不然这本手记对你来说太难了。不过,稍后我可以把案子的大致内容讲给你听。"

泰夫清了清嗓子。"其实在遇到这个案子之前,爸爸还曾在战争期间被卷入另一起荒谬的案件中。我跑遍了整个欧洲,根西岛也是那个时候去的。"

"根西岛,也就是……"

"是的,我们曾多次对你提起过,我和你妈妈就是在那里认识的。遗憾的是,距离真相只差一步的时候,最大的谜题拦住了我的去路。"

"就是案件还没解决?"

"从某种意义上来说,是的。要是没有战争最后一年的德累斯顿大轰炸……"

看着惠梨香惊讶的表情,泰夫低下头嘟囔了一句"后面的还不能说",但马上又抬起头看向惠梨香。"发生在德国南部的杀人案也是个大案子，不过现场留下了线索，而且凶手就是别墅里的某个人，所以才能当场推理并解决。可是，第一个案子不仅谜题错综复杂，涉及的地域也非常广，光去现场是不行的。解开最后谜题的关键是必须满足几个条件。"

"条件？"

"想听吗？"

惠梨香用力点头，泰夫满足地从抽屉里拿出一张纸。

"你看看。"

惠梨香接过那张纸，上面罗列着条件和看起来像是提示的信息。

一、拥有极强的推理能力，能解开一切谜题的人，或是能够提出没人能够解开的谜题的人。

二、拥有不输任何人的强烈好奇心。只要是为了解开谜题，无论要去多远的地方，都会不辞辛苦地前往，要有这样的热情和好奇心。

三、英国菜为什么难吃？

四、托马斯·贝克特。

五、U977。

六、赫塔·林特。

七、图勒社。

八、火药阴谋事件。

九、波茨坦广场北侧花坛里种的什么花？

十、圣彼得教区。

"惠梨香，你笑了。"

听到父亲这么说，惠梨香偷偷看他，泰夫的眼神无比认真。

"前面两条是选人的条件。"泰夫解释道。

"那第三条呢？是笑话吗？还是讽刺？"

"爸爸可是很认真的，当然有着很重要的意义。"

"再后面的就更不明白了，只知道跟德国和英国有关系。托马斯·贝克特是坎特伯雷大主教吧？好像很久以前被暗杀了。火药阴谋事件英国史里学到过。可是，为什么不知道这件事就解不开谜题呢？"

"说明真的很深奥啊。"

"爸爸，我有一个疑问。"

"怎么了？"

"既然是发生在战争期间的案件，那已经是十几年前的事了吧？现在解谜还来得及吗？"

"应该来得及。这个谜题已经成了'历史'，无论是现在还是十年后，只要解开就来得及。不过我感觉，就算再过五十年也没人能解开。"

"我不行吗？"

泰夫伸出手，惠梨香用双手恭恭敬敬地握着。父亲的手骨瘦如柴，却依然温暖。

"听到你这么说我很欣慰。如果可能的话，我当然希望惠梨香你帮爸爸了结心愿，解开这个谜题，那样的结果是我最愿意看到的。"

"会有危险吗？"

"我不会让我的宝贝女儿涉险的，放心吧。有危险的那部分爸爸都已经经历并记录下来了，你只需要推理就够了。《第一手记》就放在书房的书架上。只是……"

"只是?"

"绝对不能中途放弃。我希望你接下来能够努力学习,满足这上面的条件,等搞清楚了其中的含义之后再挑战解谜。否则,你将无法解开最终的谜题。答应我,好吗?"

惠梨香很诧异,但还是点点头。"如果我没能满足条件呢?"

泰夫笑了。"那个时候你就用《第二手记》。"

"咦?"

"我不仅在这本手记中写下了亲身经历过的杀人案,还藏了很多小秘密。"

"小秘密?"

"除了记下案件本身的发展,我还利用各种语言、文化和历史知识,设计了很多陷阱,变成了多重谜题。所以,能够解开手记中谜题的人肯定能满足这十个条件。只有那样的人,才有权利挑战这个未解之谜。"

泰夫微笑着又从抽屉里拿出一张纸。

"最上面写的是苏黎世一家画廊的地址和画廊主人的名字。这位画廊主人和爸爸在战前就认识,他最近身体也不太好,画廊都是他太太在打理。第二个是巴黎的某家画廊,第三个是慕尼黑的,这两家画廊的主人都还健在。"

"我想起来了,这些人每年冬天都会给您寄圣诞卡片。"

"对,你居然记得,我的女儿真是个聪明的女孩。好,我要开始说了哦!"

惠梨香的眼中充满好奇,闪着光芒。

"爸爸会写六封信,三封给刚刚提到的那几个画廊的主人。我会在信中说明我的想法,拜托他们帮我完成计划。"泰夫非常开心的样子。

"另外三封呢？"

"另外三封的日期我会写十年前的一九四五年，当作是第二个案子发生后写下的。这三封信由你保管，待将来这个计划启动的时候，你将信和《第二手记》一起交给其中一家画廊。如此一来，对拿到它的挑战者来说，这就是'自战后一直沉睡在欧洲某画廊的极其神秘的谜题'了。也就是说，这是捕获挑战者的蜘蛛网。三封信的内容几乎差不多，只有城市的名字不同。手记中的前几章要准备三个版本，就是到别墅之前的内容。"

"为什么要做这么麻烦的事？就先放在日本，到时候交给满足条件的人不就行了吗？"

"你会有这样的疑问很正常。但是，挑战者必须在欧洲史和文化方面有很深的造诣才行。"

"造诣？"惠梨香歪着小脑袋。

"就是非常非常了解的意思。现在日本的普通人很难出国，去欧洲的人大多都有正当的理由。其中有的人是为了工作，也有像学习西洋音乐的音乐家那样，是为了学习和研究欧洲文化才去的。或许不能完全满足这些条件，但至少满足的可能性更高。而且，这个人到欧洲之后还要碰巧路过存放手记的画廊，并拿到手记。因此，除了知识以外，他还必须有好奇心。"

"可是为什么不是放在一家画廊，而是三家呢？"

"案子实际发生在前往苏黎世的途中，但要想将不知道什么时候才会出现的挑战者诱导至苏黎世的画廊，可没那么简单。但如果是巴黎、慕尼黑和苏黎世各放一处，就可以期待有实力的挑战者会在我们期望的时间段去其中一个城市旅游，不是吗？这就是魔术技巧的应用。对被骗的挑战者来说，似乎一切都是偶然，而实际上是我们在暗中操作。因此，手记的内容也会根据在案件解决后前往哪个城市的设定而发生微妙的变化。巴黎和慕尼黑的剧本我也会准备好有一定必然性的说明。一旦知道挑战者会前往哪个城市,接下来要做的就是如何自然地诱导对方前往画廊了。我记得鲁邦有个故事就有类似的情况,我们来效仿一下,先刺激对方的好奇心,然后以此引领对方前进。关于准备工作我也考虑了很多,比如找到挑战者的手段,就用这幅画如何?其实住院之前我就开始画了,但是没画完。后来征求了医生的意见,允许将它带进病房,我才能得以继续作画,现在总算画好了。"

一口气说这么多话,泰夫有些累了,于是用眼神示意。

惠梨香顺着父亲的指示看向病房一角,一块盖着白色单子的画布立在那里。

"掀开看看。"

惠梨香掀开单子,表情再次变得诧异。"一点儿都不像爸爸的画。"

"是北方文艺复兴风格。这样舞台效果会更好。"

"这幅画画的是什么?看起来好像是一场战争。"

"嗯——这个现在说也为时过早。有一个叫清洁派的教派,是中世纪欧洲的异端教派,画上描绘的就是他们的战争。为了增加手记的神秘感,这幅画会成为引诱挑战者的鱼饵。这幅画我原本是为了筹措回日本的旅费画的,可最后卖掉了另外一张画……"

"为了解开谜题,无论是哪里都愿意去的热情和好奇心要怎么测试呢?"

"做到这一步,我想已经足够勾起对方的好奇心了。热情的话,只要把最后的地点定在一般人根本不会去的特别离奇的地方就行了。譬如长崎县五岛列岛上的教堂之类的……"

泰夫微笑着,看着表情惊讶的惠梨香,继续说道:"对现在的你来说还很难理解吧。不用担心,剧本我已经写好了。接下来才是正题……"

*

"听起来,惠梨香小姐你自己也试过解谜……"我总算冷静下来,可以从容地发问。

星野惠梨香的嘴角好像微微上翘,她笑了,只是看起来像是在自嘲……

"是的,我想先确认一下自己是不是'合适的人选'。十年时间,我自认为已经足够努力了,还特意为此学了一点儿拉丁语和德语,对父亲留下的线索也有了自己的解答。唯有一个条件尚未满足,就是第一条。"

"就是那条'拥有极强的推理能力,能解开一切谜题的人,或是能够提出没人能够解开的谜题的人'。"

"是的。所以我报名参赛了。"

"报名?什么比赛?"

"还用问吗,当然是富井老师您担任评委的比赛呀。"

我很吃惊,但……

"我不记得了。"

"这也难怪,毕竟我当时没用真名。而且对老师您来说,我的作品不过是在您眼前一晃而过的参赛作品之一而已吧,您可能都没有留下任何印象,但那却是我的自信之作。我当时觉得,只要能得奖,就证明我满足了父亲开出的第一个条件……"

接着,惠梨香带着一些敌意说:"我真的很失望,甚至想找您报仇。"

"复仇可不好。"我的声音有些狼狈。

"老师,作案动机就是这么来的。"

"什么?"

"本人完全没有意识到自己伤害了对方,等遭到复仇的时候才终于恍然大悟……"

这个瞬间,我想起来了。"是 A STEW, SIR?"

她笑了,声音优美。"您终于想起来了。是的。"

"想起来了,你的作品非常棒。"

"老师们的评语我看了,除了富井老师您,其他评委都推荐了我的作品。如果不是老师您那么固执,我应该会得奖。"

所有的记忆碎片终于拼凑到一起了。A STEW, SIR?是去年参赛作品中非常杰出的一部,拥有国名系列时代的奎因风格,精致的推理像方程式一样展开。我不赞成这部作品得奖的理由只有一个,那就是在看之前我就知道凶手是谁了。

"因为凶手是 WAITRESS(女服务员)啊……"

她轻轻点点头。"是的。老师很擅长解字谜,跟喜欢字谜的家父一样。"

"确实很抱歉,不过我只是遵循自己的原则而已。"

"您是说'推理小说十诫'吧?如果每条都必须遵守的话,推理小说会灭亡的。而且遵守那条戒律的话,在中国根本不可能写出推理小说[①]。"惠梨香叹了口气,"落选对我的打击很大。我没能满足爸爸开出的第一个条件,但当时我决定打破规则。"

"打破规则?"

[①]推理小说十诫,是天主教蒙席、资深编辑暨作家隆纳德·诺克斯于一九二八年定下的推理小说原则。其中有一条是 No Chinaman must figure in the story(不能有中国人出现在故事里),概因当时西方人对中国功夫的神秘化理解。

"我绝对能够解开谜题,这样的自信没有丝毫动摇。所以我决定读《第一手记》。"

(另一本"手记"……)

"但结果正如爸爸所警告的那样,我遭遇惨败,没能解开谜题……"

"究竟是个怎样的案件?"

"现在还不能告诉您。当时,我再次回想起父亲说过的话。就在我怀疑这世界上是否真的存在满足第一个条件的人时,突然感觉到了上天的启示。"

"莫非……"

星野惠梨香重重地点点头,说:"我急忙找出去年的参赛简章,重新仔细阅读了富井老师您的简介。您熟悉欧洲历史和文化,有好奇心,外语似乎也很在行。得知您正在研究清洁派的时候,父亲留下的画瞬间在我脑海中浮现。后来我又听说您近期要去苏黎世,还是在清洁派灭亡的那天,这简直是千载难逢的机会。测试您是否满足挑战者条件的考试就这样开始了。我当即联系苏黎世的画廊,得到对方爽快的应允后就把画寄了过去,之后的事您就都知道了。现如今您正如家父所说,来到了这五岛列岛。啊,要是家父能亲眼看到这个场面,肯定会非常开心吧。"

说罢,她郑重地看向我。"老师,您正是家父寻找的挑战者。您意下如何呢?想不想试试看,解开家父也没能解开的'历史'上的大谜题呢?"

我被她的气势折服,点了点头。她大概猜到我会这么回应,叫了一句"嘣!",打开挎包,一边嘟囔着"嘿咻",一边拿出一摞纸。

那摞纸的厚度足足是这半个月以来让我陷入苦战的星野泰夫

《第二手记》的一倍。

　　我坐在那里没有动,却突然感觉地面开始旋转。

　　她把那一摞纸重重地放到我的手上。

　　"请收下,这是家父的《第一手记》。"

主要参考文献

Rail Centres CREW, R. Christiansen, Ian Allan

Railway Reflections, T. Middlemass, Patrick Stephens Ltd.

The Lost Rivers of London, N. Barton, Historical Publications Ltd.

Wellington at Waterloo, J. Weller, Napoleponic Library

London under London, R. Trench & E. Hillman, John Murray

Chronicle of the 20th Century, Chronicle Communications Ltd.

The 91 before Lindbergh, P. Allen, Airlife Publishing Ltd.

History of Flight, M. J. H. Taylor, Brian Trodd Publishing

A YEAR TO REMEMBER 1937, INGRAM（录像）

恶魔礼拜，种村季弘，河出文库

地铁的文化史，中川浩一，筑摩书房

英国铁道故事，小池滋，晶文社

异端清洁派与转生，原田武，人文书院

异端清洁派，费南·尼尔，白水社

神秘主义的邀请，文艺春秋编，文春文库

圣血与圣杯，迈克尔·贝金特等，柏书房

天草天主教史，北野典夫，苇书房

教堂的风景，龟田博和，东京经济

新西洋音乐史（上），格劳特、帕利斯卡，音乐之友社

歇洛克·福尔摩斯全集,杰克·特雷西,铃泽书店
意大利遗闻,盐野七生,新潮文库
齐柏林飞艇,柘植久庆,中央公论新社

SUKURIPUTORIUMU NO MEIKYU
Copyright © 2002, 2005 Hitoshi Goto
Chinese translation rights in simplified characters arranged with TOKYO SOGENSHA CO., LTD.
through Japan UNI Agency, Inc., Tokyo
Simplified Chinese edition copyright: 2022 New Star Press Co., Ltd.
All rights reserved.
著作版权合同登记号：01−2022−5396

图书在版编目（CIP）数据

缮写室迷宫 ／（日）后藤均著；赵滢译．−− 北京：新星出版社，2022.11
ISBN 978−7−5133−4983−3

Ⅰ．①缮… Ⅱ．①后… ②赵… Ⅲ．①推理小说−日本−现代 Ⅳ．① I313.45
中国版本图书馆 CIP 数据核字（2022）第 166669 号

谢刚 主持

缮写室迷宫

［日］后藤均 著；赵滢 译

责任编辑：赵笑笑
特约编辑：郭澄澄
责任校对：刘　义
责任印制：李珊珊
装帧设计：王柿原

出版发行：新星出版社
出 版 人：马汝军
社　　址：北京市西城区车公庄大街丙3号楼　　100044
网　　址：www.newstarpress.com
电　　话：010-88310888
传　　真：010-65270449
法律顾问：北京市岳成律师事务所

读者服务：010-88310811　　service@newstarpress.com
邮购地址：北京市西城区车公庄大街丙 3 号楼　　100044

印　　刷：北京美图印务有限公司
开　　本：910mm×1230mm　　1/32
印　　张：7.375
字　　数：172千字
版　　次：2022年11月第一版　　2022年11月第一次印刷
书　　号：ISBN 978-7-5133-4983-3
定　　价：48.00元

版权专有，侵权必究；如有质量问题，请与出版社联系调换。